ぶらり平蔵

決定版⑰刺客請負人

吉岡道夫

JN034463

コスミック・時代文庫

本書は二〇一四年四月に刊行された「ぶらり平蔵　刺客請負人」を改訂した「決定版」です。

目次

「ぶらり平蔵」主な登場人物

神谷平蔵《かみやへいぞう》　旗本千八百石、神谷家の次男。医者にして鐘捲流《かねまきりゅう》の剣客。妻の篠《しの》を亡くし、浅草東本願寺裏の一軒家に開いた診療所にひとり暮らし。

由紀《ゆき》　田原町で「おかめ湯」を営む女将《おかみ》。平蔵の身のまわりの世話を焼く。

矢部伝八郎《やべでんぱちろう》　平蔵の剣友。武家の寡婦《かふ》・育代《いくよ》と所帯を持ち小網町道場に暮らす。

笹倉新八《ささくらしんぱち》　元村上藩徒士《かち》目付。篠山検校《しのやまけんぎょう》屋敷の用心棒。念流《ねんりゅう》の遣《つか》い手。

斧田晋吾《おのだしんご》　北町奉行所定町廻り同心。スッポンの異名を持つ探索の腕利き。

刈谷惣助《かりやそうすけ》　飛騨笹岡《ささおか》藩下級藩士。不貞の妻と上司を成敗し、脱藩して江戸へ。

牧野昌作《まきのしょうさく》　笹岡藩町奉行配下の同心。刈谷惣助の竹馬の友。念流道場の仲間。

きぬ　下目黒村の自前百姓。父親の権助《ごんすけ》・娘のちえと暮らす寡婦。

ちえ　きぬの娘。浪人者に狼藉《ろうぜき》されるところを刈谷惣助と平蔵に救われる。

三崎玄蕃《みさきげんば》　笹岡藩城代家老。刈谷惣助が斬った姦夫・三崎兵庫《ひょうご》の伯父。
土橋省蔵《どばししょうぞう》　笹岡藩国元の目付。出奔《しゅっぽん》した刈谷惣助を追って江戸藩邸へ。
上村監物《うえむらけんもつ》　笹岡藩江戸藩邸留守居役。藩主の信頼厚く、外交手腕に長《た》ける辣腕《らつわん》。
本間市之助《ほんまいちのすけ》　笹岡藩士の多くを門弟にもつ、梶派《かじは》一刀流道場の師範。
播磨屋仁左衛門《はりまやにざえもん》　本所回向院《えこういん》前で口入れ屋を営む、女衒《ぜげん》あがりの香具師《やし》の元締め。
その男　名前不詳の無外《むがい》流の剣客。播磨屋のもとで刺客を請け負う無頼漢。
君勇《きみゆう》　深川芸者。［その男］に危地を助けられたことから情婦になる。
小柳進三郎《こやなぎしんざぶろう》　福富町の居酒屋［しんざ］の店主。豆腐田楽が名物。
寅吉《とらきち》　花川戸《はなかわど》の大工［丸寅《まるとら》］の棟梁。惣助の腕を見込んで見習い大工に。
竹井筍庵《たけいじゅんあん》　下目黒村瀧泉寺《りゅうせんじ》門前の一軒家に住まう蘭方医《らんぽうい》。
小川笙船《おがわしょうせん》　伝通院《でんずういん》前に治療所を開く町医者。貧乏人からは金を取らない器量人。

第一章　姦夫《かんぷ》姦婦《かんぷ》

一

刈谷《かりや》惣助《そうすけ》はその日、非番だったので、昼過ぎから剣道場で一刻（二時間）あまり、みっしりと稽古《けいこ》に励んだ。

師匠に挨拶《あいさつ》をすませ、道場の外に出て組長屋に向かって歩きだすと、待っていたように牧野昌作《まきのしょうさく》が並びかけてきた。

刈谷惣助と牧野昌作はともに笹岡藩《ささおかはん》の藩士で、幼いころからの竹馬《ちくば》の友でもある。

また、城下にある念流《ねんりゅう》の遣《つか》い手、村上源三郎《むらかみげんざぶろう》がひらいている剣術道場に通う稽古仲間でもあった。

牧野昌作は町奉行配下の同心で、刈谷惣助は小普請組《こぶしんぐみ》配下と勤めはちがうが、幼いころから川遊びや蟬《せみ》とりをして育った無二の親友である。

「どうだ、惣助。新婚ほやほやのご妻女《さいじょ》とはうまくいっておるのか」

「うむ……」

だしぬけに何をいうかと惣助はふっと言いよどみ、微苦笑を返した。

「ま、飯炊《めした》きの婆さんをうまく使って飯の支度もきちんとするし、とぼしい家計もうまくやりくりしてくれておるゆえ助かっておるが……それが、どうかしたか」

「ふふふ、そんなことは、どこの家のおなごでもする。おれが聞いておるのは、きさまとご妻女との仲のことよ」

牧野は竹刀《しない》に通した汗みずくの稽古着を肩にかついで惣助と並んで歩きながら、何やら意味ありげに片目をつむってみせた。

「ちっ、それは、どういう意味だ」

「どうもこうもあるか。きさまはとんと、おなごには疎《うと》いからな。ご妻女との閨事《ねやごと》のほうはどうなんだ。ン？」

牧野昌作は町奉行配下の同心をしているせいか、くだけたもののいいようをする。

「おい、牧野。いくら親友でも言っていいことと、ひかえるべきことがあるぞ」

惣助はいささか気色《けしき》ばんだ。

「あまり、下世話《げせわ》なことをいうな」

「ちっ、なにが下世話だ。きさまとは餓鬼《がき》のころからの幼馴染《おさななじ》みだろうが。下世話も糞《くそ》もあるか。ン？」

「う、うむ……ま、それはそうだが」

「スッポンポンになって川遊びもした仲だ。股ぐらに毛がぽやぽやっと生えてきて、見せあいっこもした仲じゃないか」

「…………」

「そもそも夫婦の睦《むつ》み合い自体が下世話なものだろうが……」

牧野は剣のほうでは惣助にかなわないが、弁口は惣助よりはるかにたつ。

「いいか。きさまのところは婚して、まだ三月《みつき》。一番仲睦まじいころだ」

牧野は片目をつむって、にんまりした。

「いうならば、毎夜のように夫婦相和《あいわ》して床板がしなり、箪笥《たんす》の鐶《かん》もカタカタと鳴るという頃合いだろうが、ええ？」

「…………」

「ところが、だ。きさまとおなじ組長屋の者に聞くと、そういう気配がきさまのところではとんとせんというぞ」

「なにぃ……」

「ま、ま、そう目くじらたてるな」

牧野はひらひらと片手をふってみせた。

「つまり、きさまのところでは新婚にしてはそういう、あまやいだ気配がとんとせんらしいというんだな」

「ちっ……なにを下世話な」

「けっ！　またまた、それをいう」

牧野は舌打ちして苦笑いすると、惣助を城下を流れる川の土手に誘い、川を見おろす草むらに、どっかと腰をおろした。

牧野昌作は口は悪いが、腹のなかはいたって綺麗な男である。

しかも、日頃から惣助のことを何かと気にかけていてくれる、かけがえのない友でもある。

惣助は無言で牧野のかたわらの草むらに腰をおろした。

牧野昌作は土手のスカンポを引き抜くと歯でしごいて、酸っぱい汁をむしゃむしゃとほおばりながら惣助を返り見た。

「いいか、刈谷。たしかに下世話なことかも知れんが、もともと神代《かみよ》の昔から男とおなごが臥所《ふしど》をともにすれば、たがいに口を吸いあい、手足をからめあって睦みあうものだろうが。ちがうか……」

「おい、きさま、おれに古事記《こじき》の講釈でもするつもりか」

「まぁ、ま、そうとんがらからずに聞け……」

牧野はなだめるように苦笑した。

「ま、おれのところなどは婚して六年にもなる古女房だけに、そうやたらと毎夜のように睦みあっておるわけじゃないさ」

「………」

「それに、たまに手をだしても、女房はややこに乳を飲ませながら半分居眠りしつつ、臀《しり》をつんだして早くすませてくださいねなどとほざきやがる。……そのくせ、こっちが五日も六日もほうっておくと、向こうから鼻声をだしてすりよってくる」

「………」

「ふふ、ふ……そういうときはな。きまって、あられもないよがり声をあげては乱れに乱れて、床板はみしみしとしない、篳篥の鏝はカタカタと鳴る。破礼句《ばれく》じゃないが、行灯《あんどん》を震える息でやっと消し、てなもんよ」

「…………」

惣助は憮然《ぶぜん》として川面《かわも》を眺め、牧野の講釈を聞いていた。

いくら無粋《ぶすい》な惣助でも、牧野の言わんとしていることはわかる。

わかるが、返答のしようもない。

三ヶ月前に娶《めと》ったばかりの久実《くみ》との砂を嚙《か》むような味気ない房事を思いだし、言葉をうしなった。

「どうだ、刈谷。きさまと妻女のあいだでは、そういうことはなかろうが……ン？」

「おい、いくら友人でも、言葉が過ぎるぞ」

「ばかをいえ。きさまとは竹馬の友だからこそ黙っておられんのよ」

ふいに牧野は声をひそめた。

「きさまのご妻女は出戻りだが、ま、それはよいとしても、前の亭主と離縁になったのにはそれなりのわけがあるのを知っておるか」

「わけ……」

惣助は怪訝《けげん》な顔をした。

妻にした久実が出戻りだということは惣助も承知しているが、離縁になったわけなどは仲人《なこうど》からもくわしくは聞かなかった。

そんなことを詮索《せんさく》するのは男らしくないと思ったからである。

「前の亭主の両親と折り合いが悪かったからだと聞いているが」

「ふふ、それは仲人口というやつよ。おためごかしにとりつくろっただけのことでな。不縁になった原因は亭主のほうじゃなくて、コレのほうにあったのよ」

牧野は小指をたててみせた。

「おい。その、コレとは、久実のことか」

惣助は思わず眉をひそめた。

「そうよ。きさまのコレといえば、妻女のほかにいるわけがなかろうが……」

「というと、不縁の原因が久実のほうだったとでもいうのか」

「ああ、そうよ……」

牧野昌作は口をひんまげて、吐き捨てるように言った。

「なにせ、おれは町方の同心ゆえ、組長屋の噂《うわさ》もいろいろと耳にはいってくるからな」

「ちっ、人の噂などアテにはならんものだと相場はきまっておる。同心がそんな根も葉もないことを信じるのか」

「バカをいえ。ちゃんと裏はとったうえで言っておる」

牧野昌作は真顔になって、さらに声をひそめた。

「いいか。ご妻女はな。きさまが出仕したあと、五日か六日に一度は高価な絹の着物で出かけ、髪結い床で島田《しまだ》に結い上げたあと、俵町《たわらまち》の［千鳥《ちどり》］という出合い茶屋で三崎兵庫《みさきひょうご》どのと落ち合い、一刻はたっぷり過ごしておるぞ」

「おい……」

城下の俵町というのは出合い茶屋や、飲み屋、または銭しだいで客と寝る酌取《しゃくと》り女で賑《にぎ》わう、いわゆる狭斜《きょうしゃ》の町である。

まちがっても人妻が足を向けることはない場所である。

惣助は何か反論しようとしたが、牧野の口ぶりには妙に信憑性《しんぴょうせい》があった。

「いいや、おれが、この目でたしかめたことだ。まちがいはない」

牧野はひとつ、おおきくうなずくと惣助を見つめて、義憤に堪えぬというように口をゆがめてみせた。

「実のところ、ご妻女と三崎兵庫どのは何年も前からコレもんだったようだ」

牧野は親指と人差し指で輪をつくると卑猥《ひわい》に二、三度くっつきあわせてみせた。

「な、久実どのが、あれほどの美人なのに離縁になったのはそのためよ」

惣助は茫然自失《ぼうぜんじしつ》した。

「もっとも、表向きは兵庫どのをはばかって、両親との折り合いが悪かったからということになっておるがな。なんのなんの、事実は久実どのの浮気がおさまらないのに亭主が耐えきれなくなり、離縁したというのが実情だ」

「………」

いまや惣助の目には、夕映えに赤々と美しく染まりつつある茜色《あかねいろ》の空も、なにやら色あせて見えてきた。

二

刈谷惣助は飛騨《ひだ》で四万七千石を領する笹岡藩の下級藩士である。

藩士といっても小普請組の仕事は大工や左官たちの手配係のようなものだ。

しかも、扶持《ふち》は先祖代々十五石、目糞鼻糞のたぐいで、おまけに、そのうち三石は藩に借り上げ米と称して召し上げられる。

借り上げとはいっても、返されるあてはないから事実上の減石にひとしい。

残りの十二石でやりくりしなくてはならないから、家族が食っていくのが精一杯というところであった。

月に一石では米の飯など食べてはいられないから、粟《あわ》や稗《ひえ》を混ぜた粥《かゆ》が常食になる。

むろんのこと蓄えなどできるはずもなく、親戚や朋輩《ほうばい》とのつきあいなども、できだけ避けるようにしてきた。

ただし、小普請組が出仕するのは三日に一度で、あとの二日は内職に励もうが勝手次第になっている。

むろんのこと出世の機会などあるはずもなく、同僚は休日に鳥刺しをしたり罠《わな》をしかけて小鳥や鶉《うずら》、野兎《のうさぎ》や狸《たぬき》を捕らえ、城下の商人に売って稼いでいる者もいた。

そうして稼いだ銭を小遣いにして、城下の飲み屋で安酒を飲んだり、酌取り女と浮気するのを何よりの楽しみにしている。

武士とは名のみの吹けば飛ぶような軽輩で、足軽とさして変わりはない。

実質十二石という食い扶持では、惣助の小遣いも微々たるものだった。

それに、貧しい家計をやりくりしてくれている姉のことを思うと、城下の色街に足を運んで白粉《おしろい》臭い女を抱きにゆくことなど到底できなかった。

ただ、惣助は子供のころから手先が器用で鋸《のこぎり》や鉋《かんな》、鑿《のみ》などを使っては将棋盤《しょうぎばん》や駒を造って遊んだり、いい加減にガタのきた雨戸や障子、古い箪笥の引き出しを直しては姉に喜ばれていた。

また惣助は父親が尺八《しゃくはち》を吹くのを唯一の楽しみとしていたこともあって、子供のころから父について尺八を吹いていた。

はじめは音らしい音もだせなかったが、父の根気よい教えもあって、なんとか音色がだせるようになった。

父が好んで吹いていたのは［松籟《しょうらい》］という曲で、海辺の松林の梢《こずえ》を渡る風の音を曲にしたものだということだった。

惣助はひたすら［松籟］だけを吹きつづけて倦《う》むことはなかった。

およそ子供らしいところがない変わり者と見られていた。

それに惣助は父親譲りのいかつい風貌《ふうぼう》と口下手《くちべた》のせいもあって、組長屋の娘や妻たちとも気安く口をきいたことがない。

ただし、惣助は剣才には恵まれていたらしい。

いくら下級藩士といっても武士の子として剣術ぐらいは嗜《たしな》んでおけと父に命じられ、城下の念流道場に八つのころから通いはじめた。

三

城下には百石以上の上士の子弟が通う小野派一刀流《おのはいっとうりゅう》の矢野《やの》道場と、下士の子弟が通う念流の村上道場がある。

念流の創始者の念阿弥慈恩《ねんあみじおん》は正平《しょうへい》六年（一三五一）に奥州相馬《おうしゅうそうま》の領主、相馬忠重《ただしげ》の子に生まれた。

慈恩が五つのとき、父忠重は敵対していた土地の豪族に殺害された。運よく乳母《うば》に伴われて武蔵《むさし》の国に落ちのびたものの、幼児が凶刃《きょうじん》から逃れる道は権力とは無縁の寺しかなかったのだろう。

相州藤沢《そうしゅうふじさわ》の遊行上人《ゆぎょうしょうにん》のもとで仏門にはいって、慈音の名を上人から賜《たまわ》った。

しかし、慈音は父の仇《かたき》を討ちたい一念で、ひそかに剣術の修行を始めた。

そして、十歳のときには京の鞍馬山《くらまやま》にこもり、十六歳まで一心不乱に修行した。

やがて慈音は鎌倉から九州の筑紫《つくし》へと流転《るてん》をつづけた末、日向《ひゅうが》の国の海岸に面した鵜戸《うど》神宮の洞窟《どうくつ》にこもり、夢のなかで剣術の妙を会得したと伝えられている。

念流の流派名は仏教の念仏からとったものだろう。

どこまでが事実かは知るよしもないが、ともあれ慈音は諸国を巡って兵法を指南したのち、将軍・足利義満《あしかがよしみつ》の御前で上覧試合を披露《ひろう》したという。

応永《おうえい》十五年（一四〇八）、信濃《しなの》の浪合《なみあい》に摩利支尊天《まりしそんてん》を本尊とする寺をかまえ、長福寺《ちょうふくじ》と名づけた。

それまでに慈音から念流の印可を授けられた高弟は十四人を数え、坂東《ばんどう》八士、京六士と呼ばれている。

馬庭《まにわ》念流の祖、樋口兼重《ひぐちかねしげ》は坂東八士の一人である。

ともあれ、念流は香取神道流《かとりしんとうりゅう》とともに剣術の流派としては最古のものである。

刈谷惣助の師となった念流の村上源三郎が、門弟たちに稽古をつけるときは微塵《みじん》の容赦もなかった。

矢野道場のほうが上士の子弟が多いのは、稽古も懇切丁寧《こんせつていねい》だったし、村上源三郎のような荒稽古はしなかったからである。

惣助は我慢強く、荒稽古にもひるまず、打たれても打たれても立ち向かっていった。

その甲斐《かい》あってか、十八のときには村上道場で一、二を争う腕前になった。年に一度、城内で開かれる御前試合に、惣助は十九のときから村上道場を代表する剣士の一人として毎年出ていたが、矢野道場の剣士には一度も負けたことはなかった。

そのころ父が病没した。惣助は跡目を継いだものの、父の葬式や跡目相続の挨拶まわりで何かと入り用がかかって、母は借金を返済するのに四苦八苦していたものだ。

むろんのこと家計は火の車になってしまい、道場の束脩《そくしゅう》（月謝）も払えなくなった。

しかし、師の村上源三郎が惣助の剣才を惜しんで束脩を免除してくれたおかげで、なんとか道場通いだけはつづけることができたのである。

ところが不幸に追い討ちをかけるように、母もまた父の後を追って二年後に病没した。

母の葬式代を捻出《ねんしゅつ》するためさらに借金をし、惣助は草鞋《わらじ》造りや、虫籠《むしかご》造りなどで毎日のように深夜まで精をだした。

奇体なもので、そのころから惣助の剣才は一皮むけたように上達し、二十一歳で免許皆伝《めんきょかいでん》を許されたのである。

だが、それで扶持が米一粒ふえるわけではなく、家計は逼迫《ひっぱく》するいっぽうだった。

惣助の姉は五つ年上だったが、間もなく三十年増《としま》になるというのに嫁にもいかず、貧しい家計をやりくりしてくれていた。

ところが、その姉も二年前、風邪をこじらせて亡くなってしまった。

あとは、間もなく六十になるという飯炊きの留《とめ》という婆さんとの二人暮らしになったが、さいわい婆さんは足腰も達者で、家事の心配は何ひとつせずにすんだ。

小普請組は屋外での仕事が多いため、惣助は浅黒く日焼けしている。

しかも、生まれつきの団栗眼《どんぐりまなこ》に獅子《しし》っ鼻《ぱな》で、唇は分厚く、頰におおきな黒子《ほくろ》がある。

総じて、とんと見栄えのしない風貌だった。

腰に両刀を差していなければ、小普請方の組子をしている大工や人足とまちがえられてもおかしくない。

おまけに惣助は、世辞のひとつもいえないような堅物《かたぶつ》である。

そのためか友達も少ないし、ましてや女を口説《くど》くなどという器用なことはまちがってもできない無骨な男だった。

惣助は今年で二十六歳になるが、この年まで女の肌身というものをついぞ知らずに過ごしてきた。

だからといって、同僚たちと城下の飲み屋に足を運んで酌婦を抱くような無駄な銭を使う気にはなれなかった。

しかし、二十六歳にもなって童貞というのは珍物に価する。

道場仲間や小普請組の同僚からは、もしかして刈谷はタマなしじゃないのかとからかわれていた。

むろん、惣助は身体壮健な若者なりに春情は旺盛で、夜半、あやしげな痴夢《ちむ》を見て夢精することもしばしばあった。

そういうとき、惣助は無心に父親ゆずりの尺八を吹いて心機を鎮《しず》め、妄念《もうねん》をふりはらってきた。

ところが、そんな惣助を見かねた組頭《くみがしら》の口利きで、勘定奉行《かんじょうぶぎょう》配下の小頭の娘で久実という出戻りの女を妻に迎えることになった。

出戻りとはいえ、久実の生家は扶持も四十石で、惣助の家とは家格も違う。

俗にも女房は竈《かまど》の灰から貰《もら》えという格言さえある。

いくら出戻りとはいえ、いわば格上の家からの縁談は正直、気が重かった。

——出戻りの年増だが、なに、そういう妻のほうが何かとうまくいくものだ。それに久実どのはなかなかの美人だぞ。一度、見合いしてみたらどうだ……。

組頭にすすめられたが、見合いしてから断るというのは相手に失礼でもある。

惣助は一旦は固辞したものの、組頭の熱心なすすめもあって無下に断るわけにもいかなくなったのである。

組頭が仲人役になり、三三九度の杯事《さかずきごと》をすませて、角隠《つのかく》しをした花嫁の久実の顔を見た惣助は仰天《ぎょうてん》した。

——こ、このような美しいおなごが、おれの妻になるのか……。

久実はふたつ年上の二十八歳だったが、瓜実顔《うりざねがお》で色白の肌をした、とびきりの美人だったからである。

城下でもこれだけの美貌の女はついぞ見たことがなかった。

しかも、初夜、風呂からあがって肌着と二布《ふたの》だけになって惣助のかたわらにはいってきた久実の色白の艶姿《えんし》を見た途端、惣助は魂《たましい》も宙に飛ぶような思いがした。

なにしろ、久実は惣助にとっては初めての女体である。

惣助が壊れ物でもあつかうようにおそるおそる久実の躰に手をのばすと、久実は素直に躰をひらいて惣助を受け容れた。

どこをどうしたかわからないまま、初夜はあっけもなく惣助が果てておわった。

初夜の契《ちぎ》りをすませると、久実はすぐに自分の寝床にもどってしまった。

初床の甘い睦言《むつごと》などはなかったが、はじめて女体というものを知った惣助は、なんとなく一人前の男になった気がした。

しかし、婚して一ヶ月もたたないうちに惣助は妙な違和感を覚えはじめた。

久実との房事はあたかも人形を相手にしているような味気ない思いがしてならないのだ。

──おなごというのはこんなものか……。

なにやら索然《さくぜん》としたものを久実に感じはじめたのである。

しかし、それを人にいうのは浅ましいことのような気がした。

──もしかしたら、おれの色欲が強すぎるのかも知れない。

品性下劣《げれつ》なのはおれのほうで、武家の妻女として久実はふつうに振る舞っているのかも知れないと思うようにしていた。

四

その久実が不貞をはたらいていたと聞かされても、惣助がにわかに信じられなかったのも無理はない。

惣助は土手の草むらに座りこんだまま、放心していた。

牧野昌作はしばらく無言のまま、惣助を見守っていたが、やがて重い口をひらいた。

「ま、ご妻女との縁談は組頭の口利きだったゆえ、おれも下手に口出しするわけにもいかず、貴公と婚して無事におさまっておれば黙っているつもりだったがな」

「それはどういうことだ……」

なにやら奥歯にものが挟まったような牧野の口ぶりに惣助は眉をひそめた。

「まぁ、ま、そうつっかかるな……」

牧野は手を横にふってなだめると、声をひそめた。

「なぁ、刈谷。にわかには信じられんだろうがな……だいたいが、ご妻女の嫁入り道具からして分不相応なものばかりだったとは思わなんだのか」

「…………」

「ご妻女の実家は勘定奉行配下の小頭だが、なに懐具合《ふところぐあい》はたかが知れておるわな」

牧野はスカンポをしがみながら吐き捨てるようにいった。

「ところが、きさまのところに嫁入ったときの道具は総桐《そうぎり》の箪笥二棹《さお》に絹物の小袖《こそで》や上物《じようもの》の帯がぎっしりとはいっておったうえ、それに珊瑚珠《さんごだま》の簪《かんざし》に鼈甲《べつこう》の櫛《くし》というから、だれもがたまげたわな」

「…………」

「城下の富商ならともかく、久実どのの実家の扶持はたったの四十石だぞ。そんなごたいそうな嫁入り道具など逆立ちしても買えるわけはなかろうが……」

「…………」

「離縁された前夫の禄高も二十石、貴公より扶持はちびっと多いとはいえ、たかが知れておるわな」

「…………」

「ま、五人家族で飯炊き女を雇うのが一杯。食うのがかつかつというところだろうよ」

牧野はぺっと唾《つば》を吐き捨てた。

「出戻りの娘の再婚にあれだけの道具を持たせてやれる親が、藩士のなかでどれだけおるか考えてみろ。ええ、おい、刈谷」

反論するまでもなく、惣助もかねてから久実の嫁入り道具には違和感を覚えてはいた。

いたものの、口にしなかっただけだった。

久実の嫁入り道具に総桐の高価な箪笥があったのはたしかだが、惣助は引き出しのなかの衣裳などあけてみたことがなかった。

むろんのこと、妻の着物や帯、櫛や簪の髪飾りをたしかめてみるなど、男として恥ずべきことだと思ったからである。

「いいか、あれらの高価な家具や着物、髪飾りなどを購《あがな》う費用の出所は、すべて物頭《ものがしら》の三崎兵庫どのよ」

「なにぃ……」

惣助は思わず絶句した。

「まだ、わからんのか。つまりは三崎兵庫どのから出ておる愛人のお手当ということだろうな。むろん、ご妻女の実家にも幾許《いくばく》かの口止め料が出ておるとみるべきだろうよ」

——愛人……。

まさかと思うものの、言われてみれば、いくら惣助が鈍感でも腑《ふ》に落ちる。

藩の物頭である三崎兵庫は八百石の大身であるばかりか、眉目《びもく》の涼しい顔立ちで、風采《ふうさい》にも貫禄《かんろく》があり、弁舌も巧みだった。

いずれは家老の座にもつくだろうと藩内で噂されている人物である。

しかも、そればかりか、三崎一族はそれぞれ藩の重役についている。

兵庫の妹の美津《みつ》は十七のとき藩主の松平左京亮《まつだいらさきょうのすけ》の目にとまって側室となり、昨年、男子を出産して、お美津の方として藩主の寵愛《ちょうあい》ひとかたならぬものがある。

右京亮の奥方は福井《ふくい》三十二万石を領する本多播磨守《ほんだはりまのかみ》の息女で、輿入《こしい》れしてきて間もなく世継ぎの嫡子《ちゃくし》を出産したが、江戸の中屋敷に常住していて、国元に帰ったのは披露目《ひろめ》のときの一度きりだった。

大名の奥方と世継ぎの嫡子が江戸の中屋敷に在住することは、幕府開府以来、公儀の決まりごととなっているからである。

いわば、大名の奥方と世継ぎの嫡子は幕府にとって人質のような存在だった。

そのため、側室とはいえ国元でのお美津の方の権勢がたいそうなものであることはいうまでもないし、また、三崎兵庫の伯父は城代家老の要職にある。

小普請組の下級藩士でしかない惣助にとって、三崎一族はいうならば雲の上のような存在だった。

「きさまも聞いておろうが、三崎兵庫どのは藩内でも聞こえた女好きだぞ。それも、花街《かがい》の転び芸者や廓《くるわ》の女どもよりも、素人《しろうと》好みというから始末に悪い」

「なにぃ……」

「まぁ、おれが知っておるだけでも、妻や娘を寝取られておる家中の者はざっと五指にあまるからな。きさまの、ご妻女もそのひとりというだけのことよ」

さすがは町奉行配下の同心だけあって、牧野のいうことには説得力があった。

「名前はいわんが、なかには妻を寝取られたおかげで出世したやつもいれば、いまだに泣き寝入りしておるやつもいる」

「…………」

「ご妻女の父御が三年前に小頭になったのも兵庫どのの裁量らしいゆえ、きさまもそのうち小頭ぐらいには引き立てられ、扶持もすこしは加増されるかも知れんがな」

「やめろ！　牧野」

「わかった、わかった……」

牧野はなだめるように苦笑した。

「きさまがそんなことで喜ぶような男じゃないことはわかっておる」

「…………」

「しかしな、刈谷。あの、おなごはたいした女狐《めぎつね》だぞ。おれが探ったところによると、久実どのは前の亭主に嫁《とつ》ぐ前から三崎どのの愛人で、婚してからも、俵町の「千鳥」でせっせと睦みあっておったようだな」

惣助は唖然呆然《あぜんぼうぜん》、声を失った。

「それを前の亭主に感づかれて、噂になる前にはやばやと生家に戻されたのよ」

牧野はふたたび声をひそめて、ささやいた。

「おい、刈谷。あのおなごは美人だが、生来、淫婦《いんぷ》の性《さが》らしく、色好みの兵庫どのとはウマがあうんだろうな」

――淫婦の性……。

惣助が知っている久実とは、まるでちがうものだった。

「これは嘘じゃないぞ」

惣助は反駁《はんばく》しようとした。だが、牧野の仕事が人の裏を探ることとはいえ、こしらえごとをいうような男ではない。

「いいか、刈谷。おれは、きさまのために言いにくいことをもうしておるのだ。おれに怒りの矛先《ほこさき》を向けるのはお門違《かどちが》いだ」

「………」

「久実どのは美人とはいえ、年も年ゆえ、いつまでも生家においておくわけにもいかぬ。そこで三崎兵庫どのは、おなごにはとんと疎い貴公に白羽の矢をたて、まんまと嫁がせる段取りをしたというわけだろうて……」

牧野は憤懣《ふんまん》やる方ないようにいった。

「おおかた、おなごにはウブな貴公なら、久実どのの美貌でまるめこめられようという兵庫どのの算段だったにちがいない」

「………」

「げんに貴公は、いまだにご妻女の股ぐらに一物《いちもつ》をくわえこまれて、ことたれりと今日《こんにち》まで無事におさまっておる」

「つまり、久実と兵庫どのとの仲はいまだにつづいておるということか」

問い返す惣助の声からも、いつしか、ちからが萎《な》えてしまっていた。

「ああ、三崎どのは八百石の大身で金回りもよいうえ、おなごをよろこばすすべは達者らしいからの」

「…………」

「いうなれば、ご妻女は貴公との房事はおざなりですまし、いまだに出合い茶屋の離れ部屋で三崎どのと落ち合い、せっせと睦みあっておるというわけよ」

「…………」

「なにせ、おなごの躰というのは重宝なものだからな。人形のように、きさまに股ぐらを貸しておいて、あだし男との逢瀬《おうせ》では痴態のかぎりをつくして乱れに乱れる。つまり、貴公はぬけがらも同然の素股を相手に励んでおるようなものだ」

「ぬけがら……」

「ああ。なにせ、おなごというのは、その気がなくても男に抱かれるようにできておるからな」

惣助は無言のまま、ちからなくうなずき返した。

五

牧野のいいようは、町奉行配下の同心だけににべもない下世話なものだったが、常に単刀直入に核心をついて理、非理をついてくる。

これまで惣助の頭のなかで、もやもやしていた深い霧が晴れていく思いがした。

いくら女体に疎い惣助とはいえ、久実のあまりにも淡泊すぎる房事には、小首をかしげざるをえない思いがあったからである。

たしかに惣助がもとめれば久実は素直に躰をひらいて受け容れるが、ただ、それだけで甘い睦言もかわしたことはなかった。

乳房をさぐろうとすれば躰をひねってかわしてしまうし、閨でも肌着をつけたままで腰の二布もはずそうとはしない。

口を吸いつけても、すぐに顔を横にしてはずしてしまう。

むろんのこと、昼間、乳房や臀を愛撫しようものなら、にべもなく払いのけ、下品なことをなさいますなと一蹴《いっしゅう》される。

下品といわれれば、藩でも最下級に属する惣助は返す言葉がない。

しかし、夫が人目のないところで妻の乳や臀をさわろうとするのが下品といわれては何をかいわんやだった。

ただ、牧野のいうとおり、惣助は久実のほかに女体というものを知らなかった。美貌の久実が柳眉《りゅうび》を逆立て、下品なと咎《とが》めだてしてくれば反論することもできず、いわれるままに行儀よく、ただ房事のとき躰をつなぎあわせるだけですませてきた。

しかし、その房事は牧野がいうとおり、まさしく素股を相手にしているような味気ないものだった。

淡泊というよりも、まさしく人形を抱いているような気がしていた。

牧野は義憤に堪えんというように、口をひんまげた。

「ご妻女と兵庫どのとの仲は組の者もおおかたは知っておる。知らぬはなんとやらばかりということだ」

どすんと惣助の背中をどやしつけて、けしかけた。

「こんなことでいいのか。ええ、刈谷。いくら美人とはいえ亭主を虚仮《こけ》にするにもほどがあるぞ。さっさと女狐に三下《みくだ》り半《はん》をたたきつけて、新しいおなごを嫁にもらうことだな」

牧野は土手の草むらに仰向けになって、空にうかぶ白い雲を見あげた。

「たとえご面相がおかめや、おかちめんこでも、亭主ひとりを大事にしてくれるおなごのほうがずんといいぞ」

「…………」

「なんなら、おれが肝煎《きもい》りして気立てのいいおなごを世話してやってもいい。なあ、そうしろ。そうしろ」

「…………」

惣助は暗澹《あんたん》とした眼差しで、渦を巻いて流れくだる川面を見やった。

第二章　決　別

一

——その日。

俵町の出合い茶屋［千鳥］の離れ部屋で、久実は肌着もかなぐり捨てた白い裸身をおしげもなくさらして、三崎兵庫と痴態をくりひろげていた。

久実はみっしりと脂《あぶら》ののった白い腿を兵庫の腰に巻きつけては腰をしゃくりあげつつ、呻《うめ》き声をあげた。

三崎兵庫は筋骨たくましい腰を使い、久実をゆるりと責めたてる。

「あ、ああ……もう、そうされると、あたくし……」

髪をふり乱し、のけぞった。

兵庫は掌《てのひら》で久実の乳房をやわやわと嬲《なぶ》りながら、尖《とが》った乳首を吸いつける。

久実は思うさま喉をそらし、淫蕩《いんとう》な声をあげて腰を突きあげる。

やがて、久実は満ち足りた表情で頬を男の胸にこすりつけながら、甘えるようにささやいた。

「ねぇ、兵庫さま……このつぎはいつお会いできますの」

「そう、たびたびというわけにはいかぬぞ。そちも刈谷とせいぜい睦《むつ》みあうようにすることだの」

兵庫はいささか、久実をもてあまし気味らしく、肘枕《ひじまくら》をついて久実に言い含めた。

「惣助はそちに首ったけだそうではないか。すこしは仲ようしたらどうだ。うむ……そなたなら惣助をうまくあやせよう」

「もう、あの男のことなど口になさらないでくださいまし、耳にしただけでも寒気がいたしますわ」

久実は兵庫の股間の一物《いちもつ》をいとおしげに愛撫しながら、眉根をしかめた。

兵庫は手で久実の乳房を嬲りつつ、なだめにかかった。

「そう邪慳《じゃけん》なことをもうすな……」

兵庫は久実の乳首を吸いつけつつ、股間に手をのばした。

「たしかに刈谷は垢抜《あかぬ》けはせぬ男だが、中身は実直そのものだ。そなたなら上手《じょうず》にあしらえると思うがの……」

久実は艶《つや》やかな腿をおおきくひらいて兵庫の指を受け容れると、白い腕を男のうなじに巻きつけた。

「ああ、兵庫さま……そ、そのようにされると……もう……」

「ふふ、また兆《きざ》してきたか。うむ……」

「あ、ああ……そのようにじらされると、あたくし……」

久実は狂おしくせりあがり、ふしだらに兵庫のうえに跨《また》がると、腰を使いはじめた。

「よいか。そなたとはこうして、いつでも忍び逢えよう。それでよいではないか」

兵庫は久実の耳朶《みみたぶ》を舌で嬲りながら、言いふくめた。

「とはもうせ、刈谷も五体壮健な若者じゃ。そなたが仕込めば房事の腕もあがろうぞ」

「よしてくださいまし、あのようなむさくるしい男に肌身をゆだねるときの、あたくしの身にもなってくださいませ」

「う、うむ……しかし、男は見た目ではわからんものよ。なにせ、剣術でみっしり鍛えた躰ゆえ、そなたを満足させるようになるかも知れぬ」

「もう、おやめくださいまし……」

久実が眉をひそめて三崎兵庫の唇を吸いつけたとき、ふいに庭に面した障子戸を引きあけて惣助が踏み込んできた。

「ど、どうして、こ、こんなところに……」

久実はあられもなく肌身をさらけだしたまま、兵庫のうえから転げ落ちた。

惣助は刀の柄《つか》に手をかけて、ふたりを冷ややかな目で一瞥《いちべつ》した。

「久実も、兵庫どのも、それがしを長いあいだ、ようも虚仮《こけ》にしてくれたものだ」

「か、刈谷……ま、待て！　早まるな」

三崎兵庫は醜《みにく》くひきつった顔で、懸命に制止しようとした。

「いや、待たぬ。姦夫《かんぷ》姦婦《かんぷ》は重ねて四つ斬《ぎ》りにするのが武士の定法にござる」

惣助は一歩踏み込むなり三崎兵庫の胸を鋒《きっさき》でふかぶかと刺し貫くと、返す刃《やいば》で久実の首を跳ね斬った。

久実の首がごろりと三崎兵庫のかたわらに転がり落ちて血しぶきが噴出し、三崎兵庫の胸板と絹夜具を赤く染めた。

駆け込んできた千鳥の女中が悲鳴をあげて卒倒した。

刈谷惣助は刃の血糊《ちのり》を懐紙《かいし》で拭《ぬぐ》いとると鞘《さや》におさめ、廊下に立ちすくんでいた茶屋の女中や番頭たちを返り見た。

「小普請組、刈谷惣助。ただいま不貞の妻と密夫を成敗つかまつった」

大音声《だいおんじょう》で言い放ち、廊下に出ると庭の敷石のうえに脱いであった草履《ぞうり》を突っかけて、落ち着いた足取りで立ち去っていった。

惣助はその足でまっすぐに組長屋にとって返すと、裁着袴《たつつけばかま》に手甲脚絆《てつこうきやはん》、頭に編笠をかぶり、腰には無銘ながら相州物《そうしゆうもの》の大刀と先祖伝来の津田助広《つだすけひろ》の脇差しを差して、旅支度をととのえた。

長年、使いなれた半弓と矢を数本入れた藤蔓編《ふじづるあ》みのえびら、それに亡父遺愛の尺八一管《いつかん》を鹿《しか》の鞣《なめ》し革《がわ》を縫った袋に入れて背負い、城下町をまっしぐらに駆け抜けて藩境に向かったのである。

むろんのこと城から討手《うつて》がかかるのは覚悟のうえだったが、むざむざと斬られるつもりはなかった。

二

間もなく、城から数人の追っ手が馬で追いすがってきた。

追っ手はいずれも上士の者たちで、通う道場もちがうし、惣助と親しい下士の者は一人もいなかった。

惣助は先頭の追っ手の馬の腹をかいくぐりざま、足を薙《な》ぎ払い、落馬した追っ手の首根を抜く手も見せずに両断した。

血しぶきを浴びたまま、惣助は阿修羅《あしゅら》のような形相《ぎょうそう》で追っ手をつぎつぎに迎え撃っては斬り伏せた。

そして、乗り手を失った一頭の放《はな》れ駒《ごま》の手綱《たづな》をつかみとり鞍《くら》に跨《また》がると、藩境の山麓《さんろく》まで一気に駆け抜けたのである。

藩境につらなる山麓で馬を放した惣助は険《けわ》しい山道をたどった。

脱藩者の惣助には道中切手がないため、藩内の山にわけいった。

日頃から山歩きには馴《な》れていたから、藩境の関所を避けて山越えするのは雑作もないことだった。

食いつなぐのがやっとだった十五石の扶持《ふち》や、三崎一族が藩政を牛耳《ぎゅうじ》っている藩への未練は露《つゆ》ほどもなかった。

初夏を迎えた山は夜になっても、さほど冷え込むことはない。

湧き水を手ですくいとって喉の渇きを癒《いや》し、瓢箪《ひょうたん》に水を汲《く》みとった。

惣助は子供のころから小柄《こづか》を遊び道具にしていて、野兎《のうさぎ》や野鳥を捕らえて皮を剝《は》いでは食の足しにしていた。

食べられる野草や毒になる野草の見極めも、父からことこまかに教えられていた。

惣助にとって里山は食い物の宝庫のようなものだったのである。

藩境をいくつか越えるうち、追っ手のことはあまり気にならなくなっていた。

ただ、なんとしてでも生き抜きたかった。

とはいえ所詮《しょせん》は脱藩者の身である。この泰平の世で少しは剣を遣《つか》えるからといって雇ってくれる藩などあるわけはない。

だからといって百姓になれるわけでもなし、商人にも向いていないことは自分でもよくわかっている。

読み書き算盤《そろばん》は多少できるが、寺子屋《てらこや》の師匠がつとまるような弁舌はない。

「江戸には諸国から扶持をなくした浪人者が流れこんでおろうが、脱藩した者が武家屋敷のまわりをうろついては怪しまれよう。まず、もぐりこむとすれば深川《ふかがわ》か本所《ほんじょ》、浅草界隈《あさくさかいわい》じゃな」

「は、おそらくは……」

「よう、ご存じで……」

「ふふ、わしも若いころは江戸屋敷にいたこともあるゆえな。暇をみては吉原《よしわら》や深川あたりを遊びまわったものじゃ。深川芸者の膝枕で小唄を口ずさんだりしての……いまから思えば、あのころが懐かしいわ」

「これは恐れ入ります……」

省蔵も若いころに江戸屋敷詰めになったことはあるが、小遣いも少なく、吉原など見物はしたものの気後《きおく》れして登楼などしたこともないし、ましてや芸者の膝枕などという粋《いき》な遊びには縁がなかったから鼻白むしかない。

「刈谷惣助というやつ、たしか小普請組の組下だったの」

「はい。親の代から小普請組にございます」

「ふうむ……ならば念流の村上道場の門下であろうな」

「いかにも……ただ、剣才はなかなかのもので師範代を務めておりました」

「うむ……思い出したぞ。たしか殿の御前試合で勝ち抜いた男じゃな」

「いかにも。剣では、まず藩内随一の腕にございましょう」

「しゃっ！　つまりは、きゃつめ、剣術狂いしておるあいだにおのれの女房を寝取られておったというわけか」

玄蕃はいまいましげに口をひんまげた。

「仰《おお》せのとおり……刈谷は無類の堅物《かたぶつ》で、組下の者の噂《うわさ》では妻女《さいじょ》がはじめてのおなごだったげにございます」

「城下の色街でおなごを抱いたこともなかったというのか……」

「さよう、いくら仲間に誘われても、ついぞ足を運んだこともなく、浮いた噂もなかったと聞いておりまする」

「それは、また珍物じゃの……」

「組長屋の者のはなしによりますと、刈谷は妻女をごく大事にしておったげにございます。それだけに不貞をはたらいた妻が許せなかったのでございましょう」

「ううむ。やつの気持ちもわからんではないが……かというて、このまま捨ておくわけにもいかぬぞ」

「仰せのとおりにございます。妻女はともかく兵庫さままで亡き者にするとは、なんとも不届き至極にございます」

「きゃつめが事の子細《しさい》をだれぞにしゃべれば笹岡藩の恥さらしじゃ。……ことに兄を討たれた、お美津の方さまのお怒りは並々ならぬものがある」

「…………」

土橋省蔵も兵庫の妹である側室のお美津の方が藩主の寵愛《ちょうあい》ひとかたならぬものがあることを知っているだけに、ここでは迂闊《うかつ》なことはいえなかった。

「ともあれ早急《さっきゅう》に江戸の藩邸に使いを走らせ、腕利きの浪人者を集めて刺客《しかく》に雇い、きゃつめを討ち果たさずばなるまい」

三崎玄蕃は眉尻を跳ね上げた。

「よいか。費《つい》えを惜しむな。たとえ百金が、千金かかろうともかまわぬ。お美津の方さまの内所金から出させるゆえ、一日も早くきゃつの居所を探りだして討ち果たすよう、使いの者を江戸表に走らせよ！」

「ははっ、手前も急ぎ江戸に参るつもりでござる」

「ううむ。ぬかるでないぞ」

「かしこまりました」

土橋省蔵はすぐさま江戸の藩邸に早馬を走らせて事の子細を知らせるとともに、藩中でも腕の立つ者を選び出し、討手として差し向けた。

「よいか！　街道沿いを入念にあらため、どこかに潜んでおれば容赦なく斬り捨てよ」

選《え》りすぐりの手練《てだ》れを前に土橋省蔵は昂《たか》ぶった声で厳命した。

「ただし、まちがっても藩名は出してはならぬぞ。笹岡藩の恥となろう」

下知《げち》を受けた二十余人の藩士のなかには、惣助の親友の牧野昌作の顔もあった。

「下士のなかには刈谷の顔を見知っておる者もいようが、私情は捨てることだ」

土橋省蔵は一座の裾《すそ》に控えている下士の者に目をやった。

「村上道場に通う者のなかには親しくしておった者もいよう」

土橋省蔵は筆頭家老の下命を受けて、いつになく気合いがはいっていた。

「わしも江戸屋敷に向かうが、江戸屋敷の者はきゃつの顔も知らぬ者がほとんどじゃ。きゃつと親しくしておった者は絵師に会い、人相をつまびらかに伝えよ」

下士の面々は思わず顔を見合わせた。

「とはいえ、きゃつめは村上道場の筆頭弟子で、殿の御前試合でも一度も後れをとったことがない遣い手だ」

土橋省蔵は下士の顔を一人一人見渡し、厳しく念押しをした。

「よいか、討手の者も、功を焦《あせ》って一人で討ち果たそうとしてはならぬ。見つけしだい、上士の者にも知らせて、総がかりできゃつめを押し包んで打ち取るようにこころがけよ。よいな！」

第三章　縁《えにし》の糸

一

神谷平蔵《かみやへいぞう》は床のなかでまどろみながら、うつらうつらとしていた。

数日前に夜更かしをして風邪を引き、寝込んでしまったのである。

医者の不養生《ふようじよう》というやつだが、医者も生身の人間だということを思い知らされた。

ここは目黒瀧泉寺《めぐろりゆうせんじ》門前にある竹井筍庵《たけいじゆんあん》という医師の家の離れ部屋である。

平蔵が剣の恩師である佐治一竿斎《さじいっかんさい》を訪ねて浅草の自宅から江戸の西南にあたる下目黒村に出向いてから、もう、かれこれ二ヶ月あまりになる。

自前百姓の後家、お萬《まん》という女の一人娘でお光《みつ》という十六になる娘が、信濃屋《しなのや》甚兵衛《じんべえ》という女衒《ぜげん》に狙われているので守ってやれと師に命じられたからだ。

しかも、その信濃屋の背後には朱鞘組《しゆざやぐみ》と名乗る無頼《ぶらい》旗本の一団がついているということだった。

「よいか、平蔵。女衒というのは女の生き血をとことん吸いつくして銭を稼ぐダニのようなやつらじゃ」

佐治一竿斎の言葉は明快だった。

「朱鞘組というのはの、大身旗本の家に生まれながら、世をすねてダニの用心棒になっておる外道《げどう》の輩《やから》のことよ。旗本の倅《せがれ》といえども微塵《みじん》の容赦もすることはならぬ」

師の言葉どおり、朱鞘組の頭目は大島伝蔵《おおしまでんぞう》といって二千二百石の大身旗本の次男で、小野派一刀流《おのはいっとうりゅう》の剣客だった。

信濃屋甚兵衛は内藤新宿界隈《ないとうしんじゆくかいわい》の縄張りを平蔵に荒らされた無念を晴らそうと、朱鞘組に大金を積んで平蔵の始末を依頼したのである。

大島伝蔵は朱鞘組でも一、二を争う遣《つか》い手の曽根寅之助《そねとらのすけ》に平蔵の刺客《しかく》を命じた。

曽根寅之助は林崎夢想流《はやしざきむそうりゆう》の遣い手で、居合いの名手だった。

しかも「卍抜《まんじ》け」という秘伝を授かったという剣士でもある。

介添《かいぞ》えとして大島伝蔵が立ち会ったが、曽根寅之助を討ち果たしたとしても、大島伝蔵がそのまま引き上げるわけはない。

一対一ではなく、一対二の勝負になるのは目に見えていた。

いわば火中の栗《くり》を拾うにひとしいものだった。

しかし剣士の宿命として、挑まれたからには受けないわけにはいかない。

平蔵は、曽根寅之助が指定してきた目黒川に架けられた太鼓橋《たいこばし》に向かった。

川沿いの畦道《あぜみち》を歩んで太鼓橋に向かうと、橋の袂《たもと》で待ち受けていた曽根寅之助が、街道沿いの空田《からた》に平蔵を誘った。

居合いの名手である曽根寅之助に立ち向かうには無心の心境になることだろう。

平蔵は風花峠《かざばなとうげ》に間断なく吹きすさぶ風に舞う粉雪を瞼《まぶた》に浮かべた。

――非常のときに立ち向かうには人が人であることを捨て、獣に立ち返るしかない。

無心のうちに感知する本能に身をゆだねて平蔵は立ちつくした。

おそろしく長い対峙《たいじ》の末、曽根寅之助は躰を沈めざま、鋒《きっさき》を下から摺《す》りあげてきた。

平蔵は無心のうちに刃《やいば》を横ざまに薙《な》ぎ払った。

伸びきった曽根寅之助の胴を平蔵の刃が捕らえ、存分に断ち斬《き》った。

その瞬間、背後に殺気を感知した平蔵は腰を反転させ、横薙ぎに刃を振るった。

鋒がふかぶかと骨肉を断ち斬った感触があった。

大島伝蔵が断末魔《だんまつま》の声をあげて、つんのめるように空田に突っ伏していった。

しかし平蔵もまた、曽根寅之助の鋒が左の太腿を掠《かす》め、腿の肉を抉《えぐ》り取られていたのである。

手傷を負って高熱を発した平蔵は、生死の狭間《はざま》をさまよう羽目になった。

おそらく泥田のなかでの決闘で破傷風《はしょうふう》のような菌に冒されたのだろう。

しかし、瀧泉寺門前に住まう竹井筍庵という長崎《ながさき》帰りの名医の治療と、お蔦の不眠の介抱もあって、平蔵はようやく危機を脱し、回復することができた。

竹井筍庵は全国各地を巡り、その土地に古くから伝わる薬草を探しもとめてきたというだけあって薬草の知識が豊富だった。

この間、平蔵は浅草に飛脚《ひきやく》を走らせ、剣友の小鹿小平太《おじかこへいた》を呼び寄せた。

小鹿小平太は刈屋藩《かりやはん》で蔵奉行《くらぶぎょう》の下役をしていた男だが、たった一人の妹が次席家老の息子から料理屋に呼び出されて、力ずくで凌辱《りょうじょく》されたことを恥じて自害してしまった。

それを知った小平太は妹の仇《かたき》を討ち果たし、刈屋藩を脱藩してしまった。

藩権力を掌握《しょうあく》している次席家老が、跡継ぎの息子を斬り捨てた小平太を許すはずがなかったからである。

浪人した小平太は、あてもなく放浪していたとき、公儀隠密のおもんに拾われ、浅草にある忍び家にかくまわれ、無聊《ぶりょう》の日々を送っていた。

まだ二十六歳という若年ながら小平太は馬庭念流の遣い手でもある。

おもんの仲立ちで平蔵とも知り合い、剣友となった小平太は平蔵の文《ふみ》を見るなりすぐさま駆けつけてきてくれた。

さいわい繁華《はんか》な浅草よりも草深い下目黒村が性分にあっていたらしく、畑仕事もなかなか手際よくこなした。

そのうちお光とのあいだに恋が芽生えたらしく、下目黒村にすみつくことになった。

脱藩者の小平太は、もはや武家奉公などしようとは思っていない男である。

しかも、馬庭念流の遣い手だから、いざというときには頼りになる男であり、佐治一竿斎も、下目黒村の庄屋も小平太の後《うし》ろ盾《だて》になってくれている。

傷が癒《い》えた平蔵は竹井筍庵の家にしばらく寄食して、薬草の知識を教わることにした。

いっぽう、母親のお萬は庄屋の肝煎《きもい》りで鍛冶屋《かじや》の留松《とめまつ》と所帯をもつことになった。

留松は若いときからお萬に思いを寄せていて、お萬も内心では留松の心情にほだされていたことは平蔵も知っていた。

ただ、お光を育てるのに懸命で一人身を通していたものの、平蔵が寄食することになって女盛りの肌身に火がついたのだろう。

ある夜、お萬は女の身で平蔵に夜這《よば》いをかけて女体の渇望を満たしたものの、平蔵がいずれは浅草の自宅にもどっていくことはわかっていたらしい。

下目黒村の百姓たちの楽しみは夏の盆踊りと秋祭り、それに男と女の睦《むつ》み合いぐらいのものである。

盆踊りの晩は寺や神社の境内《けいだい》の林は睦みあう男女の交歓の場となるし、秋には刈り入れた稲の干し棚の陰が男と女の絶好の睦みあいの場所になる。

なにしろ貧しい百姓の娘は年貢に困れば身売りされるのがわかっているから、早いところ好きな男の子を身籠もって嫁に行く道をつけようとする。

夜這いは村人にとっては日常茶飯事で、亭主がほかの女に夜這いをかければ、女房のほうも夜這いされて寝取られていたなどということもめずらしくはない。

平蔵が竹井筍庵宅に身を寄せるようになったころには、お光も小平太とわりない仲になって二階の部屋で起居をともにするようになっていたのである。

お萬も先行きを思うと、鍛冶屋の留松の一途《いちず》な思慕を受け容れてもいいと思うようになったのだろう。

いまや、留松はお萬の家の納屋を鍛冶場に改造し、お萬と毎夜、閨《ねや》をともにするようになっているという。

留松は実直な男だし、お萬といっしょになって畑仕事もしている。

この秋には庄屋の仲人で二組の婚礼をあげることになっている。

いわば平蔵が二組の夫婦の結びのきっかけをつくったようなものだった。

人の世というのは、なんとなく、うまい具合にどこかで帳尻があうようにできているものらしい。

二

夏風邪の治癒した平蔵はなまった足腰を鍛えるため、日々、近くの野山を散策しては雑木林や目黒川の土手に根づいている薬草を採取して、陰干しにした。

アザミは茎の皮を剝《は》ぐと生でも食べられるし、酢の物にもなる。根は灰汁《あく》が強いので茹《ゆ》でてから一昼夜ほど水で晒《さら》すと煮物になるし、みそ漬けや粕漬《かすづ》けにすると保存食にもなる。生の根を擂《す》り鉢《ばち》でおろすと、腫《は》れ物《もの》や火傷《やけど》の治療にも薬効がある性の強い野草である。

天日で干して煎《せん》じると利尿、神経痛、胃薬としても使える重宝な野草だった。イタドリも皮を剝《む》けば生で食べられるし、なによりも［痛取《いたみど》り］の別名があるように怪我したときに止血や痛みどめになる。

山椒《さんしょう》の葉は糠味噌《ぬかみそ》に混ぜると防腐作用があるうえ、香りもついて漬け物の味がいっそううまくなる。

ほかにも剣友の矢部伝八郎《やべでんぱちろう》が目の色を変えて飛びつきそうな、強精に卓効のある［カキドオシ］の群生も見つけて根っこから引き抜いておいた。

まさしく目黒川の土手や雑木林は、薬草の宝庫のようなものだった。はじめは足ならしのつもりで始めた散策が、今では薬草採りに目の色を変えて励むようになっていた。

自宅のある浅草近辺にも雑木林はあるが、せいぜいがアケビか、ウド、ゼンマイぐらいしか採れない。

はじめは腰に吊るした竹籠《たけかご》に採取していたが、今では背負い籠を担いで薬草採りに出かけるようになっている。

竹井筍庵が欲しがる薬草はとりわけてあるが、大半の薬草は浅草の自宅に持ち帰るつもりでいる。

竹井筍庵は六十を越しているが、いまだ矍鑠《かくしゃく》たるもので、飯炊《めした》き女に雇ったおきねという三十女に手をつけ、いまや女房あつかいで家事一切をまかせている。

「なに、人間などというものは神代《かみよ》の昔から衣食住が足りれば、あとは凸《でこ》と凹《ぼこ》がくっつくだけの生き物と相場はきまっておる」

涼しい顔をして笑い飛ばし、せっせとおきねと励んでいる。

竹井筍庵の本名は竹井彦次郎《ひこじろう》といい、御家人の次男に生まれた。

しかし、俗に「百俵六人泣き暮らし」といわれる御家人の次男では先行きが知れていると見きりをつけて組長屋を出奔《しゅっぽん》し、医師の道をえらんで長崎に向かったという。

そのあたりは、平蔵とどこやら相通じるところがある。

ただ、平蔵も長崎に留学したものの、和蘭《オランダ》医学をまなぶよりも、長崎遊郭で遊び惚《ほう》けていただけだった。

――そこが、おれとはちがう……。

そう思うと、内心おおいに忸怩《じくじ》たるものがある。

今日も平蔵は朝から籠を背負い、薬草採りに出向いた。

金比羅大権現《こんぴらだいごんげん》の裏手にある雑木林のなかをふみわけていくと、桔梗《ききよう》の花が咲き乱れているのが目にとまった。

青みがかった桔梗の花はきりっとしていて、見るからに清々《すがすが》しい。

――どこか、由紀《ゆき》に似ているな……。

ふと、江戸の［おかめ湯］を女手ひとつで切り盛りをしている由紀のことを思い出した。

由紀とわりない仲になって、もう一年あまりになる。

――おなごにも、おなごの一期一会《いちごいちえ》がございます。平蔵さまは、わたくしが、こうときめた御方ですもの、どこで何をなさろうとかまいませぬ……。

そんなことを迷いもなく言い切る女でもある。

きりりしゃんとした由紀は花にたとえれば、まさしく桔梗の花のような女でもある。

無性に由紀と会いたくなってきた。

そのとき、雑木林の奥のほうで女の悲鳴が聞こえた。

「うむ……」

平蔵は背中の負い籠をはずし、悲鳴のするほうに向かって駆けだした。

三

刈谷惣助は道端の小川にまたがって両手に水をすくい、むさぼるように何度も飲んだ。

彼方《かなた》の雑木林を縫いつつ、さらさらと流れる小川の水は澄んでいて、川底の小石が透けて見える。

カラカラに空ききった胃袋に、小川の清流はこのうえもなく甘く染み渡った。

胃袋で水がちゃぽちゃぽと音をたてているのを聞いているうちに尿意をもよおした。

よれよれの袴《はかま》の裾《すそ》をたくしあげ、惣助は田圃《たんぼ》の土手から草むらに向けて放尿した。

空きっ腹のくせにどういうわけか、小便だけは勢いよく迸《ほとばし》る。

袴もよれよれにくたびれているが、家紋のついた黒の単衣物《ひとえもの》もあちこち破れているし、足袋《たび》の指にも穴があいていた。

まさしくおこも寸前という身なりだった。

――なんとか早いところ食い物を調達せねばならんの……。

なにせ、昨日の夜、街道沿いの観音堂《かんのんどう》のなかで一夜を過ごしたときに、近くの百姓がお供え物に奉納したらしい稗餅《ひえもち》を五つ、失敬してパクついたきりである。

稗餅はこちこちに乾ききってヒビ割れしていたが、小川の水で洗うとなんとか食べられた。

腹くだしをするかも知れんなと思っていたが、背に腹はかえられない。

さいわい腹くだしもせず、胃の腑《ふ》もみたすことができた。

これまでも街道沿いの畑からもぎとった茄子《なす》や甘藷《かんしょ》をかじったりしたが、甘藷はともかく、茄子というのは生で食うとスカスカしてさほどうまいものではなかった。

このままではいずれ行き倒れになりかねんぞと思うものの、これといって、よい思案はうかばなかった。

――さて……どうしたものかのう。

小川の畔《ほとり》の草むらに腰をおろし、刈谷惣助は途方に暮れた。

脱藩してから十日あまりが過ぎたが、これから先に頼れる者や、行く先のあても何ひとつなかった。

なにせ、惣助は生まれてこのかた、藩の外には一歩も出たことがない。隣藩に使いしたこともなければ、ましてや参勤交代にもくわわったこともなかった。

笹岡藩四万七千石の領内でうろちょろして二十六年間過ごしてきただけだった。

京や大坂はもとより、江戸という街さえ見たことがない。

ふと街道の道しるべに［ここは下目黒村　日本橋《にほんばし》まで二里半］と記されていたことを思い出した。

日本橋というのは江戸で一番賑《にぎ》やかな街だと聞いている。

どうやら、いつの間にか江戸の墨引《すみび》き内（町奉行管轄地域）にはいっていたらしい。

江戸は武士の都だが、商人や職人、浪人者も諸国から集まってくるという。

田舎は他国者は目立って居づらいが、江戸は他国者も多いし、内職の口もあるにちがいないと思った。

剣術で飯が食えるとは思っていなかったが、大工の手伝いぐらいならできるだろう。

土方人足になってもかまわんと腹をくくった。

惣助は重い腰をあげると、小高い雑木林につながる街道をのそのそと歩きだした。

途中、畑に実っている真桑瓜《まくわうり》をひとつ手でもぎとり、丸齧《まるかじ》りしつつ雑木林をめざして重い足を運んだ。

真桑瓜は水っ気たっぷりで甘い。あまり腹の足しにはならないが、茄子よりはずんとうまかった。

惣助が街道沿いの雑木林にさしかかったときである。

林の斜面の上のほうから、押し殺したような女の悲鳴がかぼそく聞こえてきた。

見あげると斜面の中腹で浪人者が、ふたりがかりで若い娘を組み伏せているのが見えた。

娘は腰をよじって、足を懸命にばたつかせている。赤い腰巻は腰までめくれあがり、あられもなく股間が剝きだしになっていた。

ひとりは四つん這いになって娘の腰をおさえつけ、力ずくで押しひろげた股間に顔を埋めこんでいる。

もうひとりは、もがく娘の口を掌《てのひら》でふさぎつつ襟前《えりまえ》をおしはだけ、つきたての餅《もち》のような白い乳房にしゃぶりついていた。

そればかりか、近くに髭面《ひげづら》の筋骨たくましい浪人者があぐらをかいて真桑瓜を囓りながら、その狼藉《ろうぜき》を見物している。どうやら、三人がかりの乱行のようだった。

惣助は真桑瓜を投げ捨てると、まっしぐらに斜面を駆け上がっていった。

「きさまらっ！」

惣助は一喝《いっかつ》し、こちらに背を向けて裾からげし、娘の股間に顔を埋めこんでいた浪人者の肩口を峰打ちの一撃で強打した。

「ううっ！」

のけぞった浪人者の腰を足蹴《あしげ》にすると、見物していた髭面が素早く腰の大刀を抜きはなち、怒号した。

「きさま！　よけいな邪魔立てすると痛い目にあうぞ」

黄ばんだ乱ぐい歯を剝きだしにし、斬りつけてきた。刃《は》唸《うな》りのするような凄《すさ》まじい剛剣だったが、惣助は抜き撃ちざまに髭面の刃を摺《す》りあげるように払いのけた。

娘の乳房にしゃぶりついていた浪人者も、あわてて腰を起こすなり刀を抜きはなって、惣助に斬りつけてきた。

咄嗟《とっさ》に惣助は躰をひらきざま、刃を払って肩口から袈裟《けさ》懸《が》けに斬り捨てた。血しぶきが噴出し、草むらを赤く染めた。

そのとき、裁着袴《たっつけばかま》に手甲脚絆《てっこうきゃはん》をつけた編笠の侍が、斜面のうえから木のあいだを縫ってまっしぐらに駆けおりてきた。

むろん、侍は神谷平蔵であった。

四

平蔵は駆けおりつつ、鞘を払って刃を抜きはなつと狼藉者を大喝《だいかつ》した。

「きさまらっ！　ちかごろ、このあたりをうろついては狼藉をはたらいておる輩だな。見かけしだい斬り捨ててくれようと思っていたところだ」

平蔵は刈谷惣助のほうに目をやり、

「狼藉者の成敗、手助けいたしますぞ！」

そういうと、悠々とした足取りで髭面に向かって刃を構えた。

「ほう、きさま、すこしは遣えるらしいな」

頭株らしい髭面の浪人者が、悪鬼の形相《ぎょうそう》に変貌《へんぼう》した。

「おもしろい。こいつは、おれが相手になってやる」

猛然と身をひるがえし、新手の平蔵を迎え撃った。

一旦は惣助に足蹴にされた浪人者も、素早く立ち直って立ち向かってきた。

危うく難を逃れた娘は乱れた裾前もそのままに、惣助の腰にしがみついてくる。

「離れておれっ」

惣助は爪先で娘を突き放し、浪人者に立ち向かって刀を構えた。

「ちっ！　きさま、とんだところで邪魔だてしやがったな」

浪人者は黄ばんだ歯を剝きだしにして、猛然と斬りつけてきた。

惣助は懸命に足元にしがみついてくる娘をもてあましながらも、刀の峰を返し、両足をひらいて、鋒を支点に躰を斜めに構えた。

守りに徹しながら打ち込ませ、間髪をいれずに反撃に転じる。馬庭念流の不動の構えでもある。

惣助の鋒は微動だにしない。

この斜面でみずから動くことは隙をあたえることになりやすいからである。浪人者の顔に焦燥《しょうそう》がよぎり、じわじわと足をずらしつつ、斜面の枯れ葉を踏んで右にまわりこみかけた。

惣助もそれにつれて右側に足を移していったが、その足元に娘がふたたび両手でしがみついてきた。

「どけっ！」

惣助がしがみついてきた娘の腰を片足で蹴りつけて叱咤《しった》した瞬間、浪人者の目が吊りあがり、猛禽《もうきん》がはばたくように上段の構えから刃唸りを乗せて刃を叩きつけてきた。

惣助はわずかに足を横に踏みだし、爪先のほうに躰を反転させると浪人者の胴に刃を叩きこんだ。

血しぶきとともに、浪人者は声もなく落ち葉が積もっている斜面に顔を埋めこむと、ぶるっと断末魔の身震いをしたきり身動きひとつしなくなった。

惣助のうしろのほうで腰をぬかしたようにへたりこんでいた娘は思わず両手で顔を覆《おお》い、肩をふるわせて泣きじゃくっていた。

野良着の裾はまくれあがり、白い太腿が剥きだしになっている。

いっぽう、頭株らしい髭面は平蔵と対峙しつつ、ぐいと刀を八双《はっそう》に構えた。

肩幅のある髭面の躰が刃の陰に細く隠れてつぼまって見える。

その構えには微塵の隙もなかった。

容易ならざる強敵のようだが、平蔵は青眼《せいがん》に構えたままで鋒は微動だにしない。

突如、雑木林を一陣の風が梢《こずえ》を鳴らして吹き抜けていった。

その瞬間、髭面の浪人者が痺《しび》れを切らしたように、八双の構えから唸るような一撃を平蔵の肩口に斬りおろした。

——転瞬。

平蔵の刃がキラッと閃《ひらめ》いて、髭面の浪人者の喉笛を横に斬り裂いた。

おびただしい血しぶきが喉笛から噴出し、まわりの雑木や草むらを鮮血で染めた。

惣助のかたわらにへたりこんでいた娘の髪や野良着にも血しぶきが降りそそいだ。

娘は振り絞るような悲鳴をあげて肩を震わせると、またもや惣助の足にしがみつき、堰《せき》をきったかのように激しく嗚咽《おえつ》した。

惣助は刀の血糊《ちのり》を懐紙《かいし》で拭《ぬぐ》い取って鞘におさめたものの、女のあしらいには不《ふ》馴《な》れで、弱り切った。

平蔵も刀の血糊を拭い取ると、鞘におさめて近づいた。

「おお、おちえではないか」

「か、神谷さま……」

娘は顔見知りの権助《ごんすけ》という百姓の孫で、おちえという十六になる娘だった。

「さぞかし怖い思いをしたろうが、もう心配はいらぬぞ」

平蔵は娘に声をかけると、そばにしゃがみこんで左手で背中をさすってやった。

「は、はい……」

消え入りそうな声でうなずくと、娘はあわてて乱れた腰巻の裾を直しつつ、草むらに散らばっていた藁草履《わらぞうり》を拾ってきて足に突っかけた。

桃割れに結ってあった髪がぐずぐずにひしゃげて乱れている。

「ははは、この娘はおちえともうして、近くの百姓の一粒種でしてな。まだ十六の嫁入り前ゆえ、万が一、傷ものにでもされたら母親のおきぬは半狂乱になったにちがいない」

「いや、いまの浪人者はなかなかの遣い手と見受けました。それがしひとりでは、

ずだ」

「なんの、貴公の腕なら、こやつらの三人ぐらい片づけるのはわけもなかったはずだ」

平蔵は編笠をとると刈谷惣助を見やった。

「それがしは神谷平蔵ともうす者で、たまたま薬草を摘《つ》みにきたところでござる」

「は……い、いや、これは、もうしおくれましたが、それがしは刈谷惣助ともうす浪人者にござる」

あの髭面を一撃で仕留めた平蔵の腕には、惣助も目を瞠《みは》るものがあった。

そのため、惣助の言葉遣いもおのずと丁重なものになった。

おちえという娘はようやく人心地がついたらしく、草むらに正座して平蔵に向かい、ふかぶかと頭をさげた。

「ほんとうに、ありがとうございました。せんせい……この、ご恩は一生忘れません」

「ふふふ、おちえもこれにこりて、ひとりきりでは山になど入らんことだな。この雑木山にはときおり猪《いのしし》や山犬もはいりこむ物騒なところゆえな」

平蔵はおちえという娘の肩に手をおいて、厳しい顔つきで諌《いさ》めた。

「は、はい……」

「よしよし、おちえはそういう素直なところがいい。刈谷どのにも同道していただいて家まで送っていってやろう」

「すみません、せんせい。また、おっかさんに叱《しか》られちゃいますね」

おちえは身をすくめ、か細い声になった。

「なに、おきぬにはわしからあまり叱らぬようにいってやるさ」

「神谷どの。さっきから、この娘が先生ともうしているようですが、この村で剣術の指南でもなさっておられるのですか」

「なんの、せんせいはせんせいでも、それがしは一介の町医者です」

「え……」

「ふふふ、その町医者も藪《やぶ》のつくほうでしてな。いわば貧乏暇なしの口ですよ」

平蔵はことともなげに笑ってみせた。

五

「ほんとに、もう、この子はしょうがないおてんばなんだから！」

おきぬという母親は、囲炉裏端《いろりばた》でちいさくなって首をすくめている娘のおちえの尻を容赦なくひっぱたいて叱りつけた。

「だって、林のくさむらにかわいい野兎《のうさぎ》の仔《こ》がいたんだもの……」

「なにが野兎の仔よ！　あたしはおまえの産んだややこが早く見たいのにさ」

「もう。おっかさんたらそればっかし、あたし、まだ、お嫁になんかいかないわよ」

「なにこくだ。友吉《ともきち》さんも、おまえが傷もんになっちまったら、愛想づかしするかもしんねぇぞ」

「友吉さんはそんなひとじゃないもの」

「友吉さんだってわかりゃしないよ。男ごころは秋の空っていうからね」

「ちがうわよ。それ、おんなごころのまちがいじゃない」

「もう、ああいや、こういう……そんだらこといってっと、そのうちどこからも

「まぁま、おきぬもそのへんで勘弁してやったらどうだ。ン……」

平蔵は炉端にあぐらをかいて茶をすすりながら、おきぬをなだめにかかった。

「権助もそう仏頂面《ぶっちょうづら》してないで、おきぬをなだめてやらんか」

平蔵は炉端に座ったまま黙っている爺さんに声をかけた。

「うんにゃ、このおてんばにゃ、ほとほと手を焼いてますんで……ふんとにもう、尻にお灸《きゅう》でもすえてやりてぇくれぇでさ」

祖父の権助は鬼瓦《おにがわら》みたいな顔をして孫娘を睨《にら》みつけている。

刈谷惣助は腹ぺこでもあり、家族に口をさしはさむ立場にもない。

ただ、つくねんと座ったまんまで出された番茶をすすっているしかなかった。

それにしても、この一家のだれもが言いたい放題に娘を叱りつけているのには驚くばかりだった。

そもそも惣助の生家では祖父に母親に孫娘までが顔をそろえて、いさかいをするということなど一度もなかった。

子供のころから、家族が顔をそろえて食事をすることも年に二、三回あるかどうかだった。

晩飯のときも箱膳の前で黙々と飯を食べおわると、それぞれが内職に励むだけの明け暮れだった。

おきぬやおちえのように親子が容赦もなく言い合いすることなどなかった。

また、父母がにこやかに話しているのも見たことはなかった。

父は毎夜、だれよりも先に床につき、母や姉は遅くまで家事と内職に追われていた。

いまになってみれば、あんな忙しい暮らしのなかで、よく両親に子づくりする暇があったものだとつくづく感心する。

神谷平蔵の人柄にこころを許した刈谷惣助は思い切って、妻が上役と密会を重ねていることを友人から知らされ、姦《かん》婦《ぷ》姦《かん》夫《ぷ》を成敗して脱藩し、江戸に向かおうとしていたところだと告げた。

「ははぁ、つまりは妻女《さいじょ》の密通の相手が藩の重役だったということですか」

「なにせ、妻の相手は、伯父が城代家老の要職にあるうえ、一族は藩の名門でしてな。手前がそのまま藩にとどまったところで咎《とが》めだてされるのは目に見えておりましたゆえ……」

惣助はまぶしそうな目になって、脱藩したいきさつを包み隠さず平蔵に語った。

「なるほど、宮仕えの辛《つら》いところだな」

「いかにも。笹岡藩では禄高百石以上の上士が代々藩の要職につき、殿に目通りも許されますが、手前のような下士身分の者は目通りはおろか、生涯出世の道とてなく組長屋で内職をして過ごすほかはありませぬ」

惣助は吐き捨てるように言った。

「手前がなんと抗弁しようとも、上士を斬った者の言い分など一切通らず、容赦なく罰せられます。切腹どころか打ち首になるのは目に見えておりました」

「つまり無理が通れば道理もひっこむというわけか……」

「さよう……理、非理を弁じる道など毛筋ほどもござらん」

「ふうむ……それほど我慢強い貴公も、我慢の糸を切られた」

「は……い、いかにも。友人の話を聞いてもなお、この目で見るまでは信じられませなんだ」

「貴公は、よほどに、ご妻女を大事に思われていたようですな」

「は……」

惣助はすこし口ごもった。

「いや、それがしは不調法で、恥ずかしながら、二十六になるまで、おなごの肌身にふれたことは一度もござらん。なにせ、妻が初めてのおなごでござったゆえ……」

「ははぁ……」

——なるほど、これは、よほどの堅物《かたぶつ》だな。

十代のころ、屋敷の女中と懇《ねんご》ろになったほど早熟の平蔵にしてみれば、刈谷惣助は木仏金仏《きぶつかなぶつ》にひとしい若者である。

平蔵ばかりか親友の矢部伝八郎なども、十六、七のころには親から小遣いをせびりとっては誘いあって花街《かがい》の白粉女《おしろいおんな》のもとに走ったものだ。

佐治道場の門弟たちも、およそは二十歳前《はたちまえ》に女の肌身を知っていた。

二十六になるまで、おなごの肌身を知らずに過ごしてきたというと、これは堅物というよりは珍物にはいる……。

しかし、そんなことを初見の男の前で口にする、刈谷惣助という男の素朴さに平蔵は好感を抱いた。

「なるほど、その初めてのおなごに裏切られたとあっては腸《はらわた》も煮えくりかえる思いでござったであろう」

平蔵はふかぶかとうなずいた。

「しかし、その妻女に綺麗さっぱりと三下《みくだ》り半《はん》をたたきつけて追い出し、また気立てのよいおなごを探して娶《めと》られるという道もござったはずだが……」

「いかにも、親しい友人もそのように申してくれましたが、妻の不貞は仲間うちにも知れ渡っておりましたゆえ、そのまま うち捨てておいては恥の上塗りになりもうす」

刈谷惣助は胸を張って、さばさばしたような笑顔を見せた。

「されば姦夫姦婦を成敗し、脱藩するよりほかに道はありませなんだ」

「ふうむ……武士の意地を張りとおされたということか」

「なに、一寸の虫にも五分の意地ぐらいはあってもよかろうと存じたまででござる」

惣助はいささか照れたような笑みをうかべてみせた。

「ふふふ、五分の意地ですか……」

平蔵はかすかに目に笑みをうかべて、うなずいた。

どうやら、この男は不貞の妻を離縁して、新しくべつのおなごを妻にするという選択肢など露《つゆ》ほども考えなかったようだ。

笹岡という山国のちいさな藩内で、妻に不貞をはたらかれた男と見られて生きることには耐えられなかったのだろう。

それに不貞の相手が藩の有力者ともなると、尻ぬぐいさせるのもむつかしい。

泣き寝入りするくらいなら姦夫姦婦を成敗して脱藩しようと思った刈谷惣助の気持ちもわからなくはなかった。

「なんの、刈谷どのはたまたま運悪く、タチの悪いおなごにぶちあたっただけのこと、なに世の中には刈谷どのを大事にしてくれるおなごはいくらでもおりますぞ」

「は、い、いや……」

「とはもうせ、これから先どうなさるおつもりかな」

「はぁ、これというあてはありませぬが、他藩の領内では伝手《つて》のない浪人者は追い出されますゆえ、やはり江戸に向かうつもりでおりますが」

「なるほど、江戸は人の出入りの多い街ですから、浪人がもぐりこむには恰好の街といえるが……」

うなずきながらも、平蔵はホロ苦い目になった。

「ただし、江戸という街はよかれあしかれ手練《てれん》手管《てくだ》に長《た》けたおなごのようなところでしてな……」

「は……」

「ま、おもしろいといえばおもしろい街だが、ひとつまちがえば底なし沼にはまってしまいかねぬ物騒な街でもある」

平蔵はそういうと、惣助を見つめて目を笑わせた。

「しかし、刈谷どの。江戸市中に出られるのもいいが、おぬしには、むしろ、この下目黒村のほうが性にあっておると思いますぞ」

「は……」

「この下目黒村の近くには佐治一竿斎という、それがしの剣の師匠も隠宅をかまえておられるゆえ、何かとお力になってくださると思いますぞ」

平蔵は権助とおきぬのほうに顎《あご》をしゃくってみせた。

「それに、この両人も刈谷どののためなら、一肌も二肌も脱いでくれるはずだ」

「そうですよ……」

おきぬが膝をおしすすめた。

「おちえを助けていただいたんだもの、せめてもの恩返しぐらいさせてくださいな」

「いや、そのようなお気遣いにはおよびませんぞ。武士として当然のことをしたまでにござる」

惣助は照れくさそうに羞じらった。

「おきぬもああ申しておる。ま、江戸という街を一度はどうでも見てみたいと思われるなら、この平蔵がご案内いたすゆえ、いつでも遠慮なく訪ねてみえられよ」

平蔵はそういうと、権助から紙をもらい、さらさらと浅草の自宅に至るおおよその絵図を記し、惣助に渡した。

「それがしは両三日のうちに江戸に帰りますゆえ、いつでも遠慮のう参られるがよい」

「しかし、手前は世をはばかる脱藩者の身ゆえ、神谷どのにご迷惑が……」

「なんの、俗にも袖《そで》すりあうも他生《たしょう》の縁とも申す。しかも、刈谷どのが脱藩なされたいきさつは誰にはばかることもない、当然のことをなされたまで。それがしが力になれることならなんでもいたしますぞ」

そういいおいて、神谷平蔵はさばさばと引き上げていった。

六

とりあえず庄屋のところにいってくるという権助は、惣助が脱藩者であることを飲み込んだうえで、万事まかしておくんなさいと胸をたたいて出かけていった。

やがて惣助はおきぬにすすめられるまま、囲炉裏端に端座して、むさぼるように茶碗のなかの冷や飯をかきこんだ。

惣助が六日も飯を口にしていないと聞いて、おきぬは急いで、おちえに飯を炊《た》くようにいいつけ、虫おさえにとお櫃《ひつ》の冷や飯を出してくれたのである。

なにせ、人間の食い物らしいものにありついたのは十日ぶりである。

「なんもありませんけんど、うちは自前百姓で米だけはたんとありますで、遠慮のう食べてくだせえ」

おきぬがすすめてくれるまでもなく、刈谷惣助は情けなくも腹の虫がさわぎたて、箸《はし》をとるなり茶碗にかぶりついた。

菜は沢庵《たくあん》と青菜の煮浸し、竈火《かまどび》で炙《あぶ》った油揚げに醤油《しょうゆ》をかけただけの質素なものだったが、惣助はときおり沢庵を嚙るくらいのもので、ひたすら飯を口に運びつづけた。

なにしろ、米の飯など口にしたのはひさかたぶりのことだった。

「あんれ、まぁ……よっぽど腹が空いてなさったんじゃな」

おきぬが笑みをうかべて、いたわるようにうなずいた。

「たんと食べておくんなさいよ。冷や飯がなくなっても、いま、おちえがおまんまを炊いておりますきにね……」

おきぬが竈の前にしゃがみこんで薪《まき》をくべている、おちえのほうを目でしゃくってみせた。

「なにせ、おちえはうちの一粒種ですきに、傷もんにされた日には、あたしは死んでも死にきれませんもの」

「おっかさんたら、もう……」

竈の前からおちえが羞じらうように振り向いて睨んだ。

「さっきから、そのことばっかり……そいじゃ刈谷さまだって、おちおち食べていられないでしょうにぃ」

「おまえは口出しするんじゃないよ。刈谷さまと神谷さまが助けてくださらなかったら、いまごろ、おまえは傷もんにされて宿場女郎に叩き売られていたんだからね」

ぴしゃりときめつけ、睨みつけた。

惣助は空になった四杯目の茶碗のおかわりを差し出しかけたものの、母と娘の他愛もない口争いの邪魔をするような気がした。

刈谷惣助はつくねんと空になった茶碗を手にしたまま、沢庵をつまんではポリポリと嚙《か》みしめている。

惣助が助けたおちえは、近くの百姓の次男で友吉という十八歳になる若者と好きあっていて、いずれは婿にするつもりでいるらしい。

おちえの父親であるおきぬの夫は、九年前に他界したという。

この百姓家は屋根は藁葺《わらぶ》きだが、太くて頑丈な大黒柱を囲んで四部屋もあり、広い土間には囲炉裏を切った板敷きの間がついている。

土間の奥には鉄砲風呂《てつぽうぶろ》があって、雨の日でも風呂に入れるようになっていた。

焚《た》き口には雨よけらしい板張りの屋根庇《やねびさし》がついていた。

笹岡藩にいたころ惣助が住んでいた城下の組長屋とはくらべものにならないほどゆったりとしている。

権助の話によると、江戸の西郊にあたるこの下目黒村では、昔からの庄屋が肝煎り役として村人を束ねているらしい。

神谷平蔵は近くの瀧泉寺の門前に住んでいる竹井筍庵という医者の門弟になって筍庵宅の離れで起居しているということだった。

下目黒村は渋谷村《しぶやむら》とおなじく幕府の直轄地で、町奉行所の管轄にもはいっている。

しかし、八丁堀《はっちょうぼり》の定町廻《じょうまちまわ》り同心も、ここまで足を運んでくることは年に数えるほどしかないだろう。

この家は先祖代々からの自前百姓で六反歩《たんぶ》の田圃と二反ほどの畑があって、米以外に大根や人参《にんじん》、牛蒡《ごぼう》などの根野菜や青物野菜を育てて、自給自足で暮らしているらしい。

土間の梁《はり》には干し大根やニンニクの束が吊るしてある。

沢庵を樽《たる》に漬け込んで、納屋に保存しておくのだろう。

あまった野菜や沢庵は荷車に積んで内藤新宿あたりの問屋に売り、着物や日常品を買うのだとおきぬが話してくれた。

直轄地の年貢米は二反分もあれば足りるというから、惣助のような下級藩士より内所はよほど裕福のようだ。

──江戸に出るよりはここで暮らすほうがずんといいと思うがな……。

神谷平蔵がいっていた言葉が、なんとなく惣助の腑に落ちるような気がしてきた。

しかし、たかが娘の危機を助けたからといって、この家に居候《いそうろう》をきめこむというのもずうずうしいような気がする。

沢庵を噛みながら、惣助は思わず太い溜息をついた。

七

間もなく、もどってきた権助はえびす顔を惣助に向けた。

「おお、まんまを食べていなさっただか。こんな田舎だすきにのう。なんも、うめぇもんはねぇけんども、まんまぐらいはたんと食ってくだせぇよ」

「いや、馳走《ちそう》になってあいすまぬ」

ようやく、おきぬが空になった茶碗に気づいて飯をよそってくれた。

「おとっつぁん、庄屋さんはなんといってなすっただね」

「なんの、おらが昔、江戸で世話になったお屋敷のぼっちゃまが悪いやつらから、おちえを助けてくださったと言っておいただよ」

権助爺さんはにたりとして竈の前に置いてある椅子がわりらしい大木の根株に腰をおろすと、刻み莨《タバコ》を鉈豆煙管《なたまめギセル》の火皿に詰めはじめた。

——おれが、お屋敷のぼっちゃまか……。

惣助は唖然《あぜん》としたが、ここは権助爺さんの配慮にまかせておくしかない。

「そうそ、なんでも庄屋さまのはなしだと、刈谷さまがやっつけてくださった悪党の一人はなんたら流とかいう剣術遣いでのう。あちこちで押し込みしたり、あまっこ見つけちゃ手込めにしてまわってたそうだぞ」

「ン、ま……」

おきぬとおちえは思わず顔見合わせて、惣助のほうに目を向けた。

「おちえも刈谷さまが助けてくんなさらなかったら、いまごろはおおかた深川あたりの岡場所か、吉原の女郎屋にでも売りとばされちまうとこだったんだべさ」

「ほんと、刈谷さまはおちえの救いの神さまだべな」

一家の惣助への対応はなんともいたれりつくせりで、恐縮するほどだった。

飯のあとで四半刻（三十分）あまり昼寝すると風呂をすすめられ、鉄砲風呂に首までどっぷり浸かっていると、おきぬが襷《たすき》がけに野良着の裾を尻からげして洗い場にはいってきた。

垢《あか》すりをしてくれるというので恐縮して断ったが、おきぬは強引に惣助を簀《す》の子《こ》の上にあぐらをかいて座らせ、糸瓜《へちま》でせっせと躰の垢をこすり落としてくれた。

「あんれ、まぁ……こすっても、こすっても垢がポロポロ出てくるっちゃ」

おきぬはそういいながらも、額に玉のような汗をうかべて、惣助の脇の下から白い二の腕をのばし、懸命に洗ってくれた。

狭い洗い場の簀の子板の上にあぐらをかいて、おきぬに垢すりをしてもらっていると、どうにも落ち着かなかった。

風呂の熱気がむんむん立ちこめるなかで、おきぬは白い太腿をさらしてしゃがみこんだまま、腕を遠慮なくつかみしめ、汗ばみながらも糸瓜で脇の下や内股までごしごしとこすりつづける。

それだけではなく、おきぬは平然と惣助の一物《いちもつ》をつかんで内股の垢すりにかかった。

「あんれ、ま、おさむらいさまだけあって、ずいぶん立派なお道具だべな」

「お、おい……そこは、いい」

「なしてさ。ここが、いっち大事なところでねぇだか」

おきぬはあっけらかんと笑いとばし、手桶《ておけ》で汲《く》みだした湯でじゃぶじゃぶとすすぎ流した。

おきぬは手首や足首は小麦色に日焼けしているが、野良仕事のときは頭に菅笠《すげがさ》をかぶり、手甲脚絆をしているためか、二の腕や胸前、太腿はおどろくほど白かった。

狭い洗い場でおきぬが動きまわると、汗ばんで蒸《む》れた女の体臭が鼻腔《びこう》を刺激し、惣助は頭がくらくらしてのぼせてきた。

惣助が風呂からあがってみると、おちえが新しい晒しの布を裁断して褌《ふんどし》を縫いあげてくれていた。

おまけに洗いざらしした権助の浴衣《ゆかた》を寝間着がわりにと差し出してくれた。

なんとも、いたれりつくせりの接待に、惣助は脱藩以来ひさしぶりに人間らしい気分を味わうことができた。

夕餉《ゆうげ》には権助爺さんが川で釣ってきたというヤマメの塩焼きや浅蜊《あさり》と切り干し大根を煮たもの、火でさっと炙った畳鰯《たたみいわし》など田舎にしては精一杯の菜を出してくれた。

そればかりか、権助は自家製らしい濁酒《どぶろく》をもちだしてすすめた。

惣助は国元にいたころは正月の祝い酒か、組の寄合でもなければ酒を口にしたことはないが、根はいける口である。

おきぬも浴衣に着替えて惣助に寄り添い、酌《しゃく》をしてくれた。

おなごの酌で酒を飲むことなど滅多になかったし、権助のすすめ上手《じょうず》もあって、惣助はひさしぶりに上機嫌に酔ってしまった。

足元もふらつくほど食べ酔った惣助は、おきぬの腕に抱えられて奥の八畳間に敷かれた布団にもぐりこむなり熟睡してしまった。

八

喉がひりつくほど渇《かわ》いて惣助がふと目覚めると、かたわらに柔らかな女体が寄り添っていた。

「うむ……」

あわてて半身を起こしかけた惣助のうなじに、女の腕がしなやかに巻きついてきた。

洗い髪の頭が惣助の肩にからみついて甘い女の体臭が鼻腔をくすぐり、寝ぼけ眼《まなこ》の惣助を惑乱させた。

むちりとした乳房でふくらんだ胸を惣助にぴったりとおしつけてくる。

「お、おい……」

惣助は思わず肘《ひじ》をついて半身を起こした。

「ふふふ、ふ……よう、おやすみになっていただねぇ」

ささやきかけてきたのはおきぬだった。

「こ、これは、ど、どういうことだ……」

惣助は咄嗟に事態が飲み込めず、戸惑いながら問いかけた。

「だって、うちの、おちえを助けてくださった恩人だもの。その、お礼をせんと気がすまないもの……」

「なに、お礼……」

「そうだよう……ほんとは、おちえがお礼にお添い寝するとこだけんど、まんだ、おちえはおぼこじゃから、あたしがお添い寝するのさ」

「お、おい、ややこじゃあるまいし添い寝などしてもらわんでもいいぞ」

「なにいうだ。男のお客さんがお泊まりになったら、その家のおなごが添い寝してもてなしするのが村のきまりじゃから……」

「お、おもてなし……」

おきぬは夜這いが客のおもてなしだと、あっさりという。

「だって、おなごを抱くのが嫌いな男など世の中にいないだろ……」

おきぬはこともなげに言うと、太腿をのびやかに惣助の足腰にからみつけてきた。

「もしかして、刈谷さまはあたしみたいな年増《としま》じゃおいやなのかい……」

「い、いや……そういうわけじゃないが」

「じゃ、よかった……」

そういうと、おきぬは白い腕をのばして惣助のうなじに巻きつけ、頬を惣助の胸におしつけてきた。

「それに、ひとりで寝るよりも、ふたりで寝るほうがぬくいもの」

おきぬはふふふと忍び笑いし、ぽってりとした唇を惣助の胸板に吸いつけてきた。

「ねぇ……もっと、ちゃんと、あたしのこと可愛がってくんなくっちゃ」

おきぬはむんずと腕をのばし、惣助の一物をつかみしめてきた。

「ふふ、ほら、もう、こんだけおおきくなってるだもの……」

おきぬは満足そうに一物をつかみしめるとやわやわとしごきたてながら、足をくの字に折り曲げて惣助の躰に巻きつけてくる。

湯あがりで火照《ほて》ったおきぬの肌身は滑らかで、年増女の脂《あぶら》がみっしりとのっていた。

腰はずしりと厚みがあり、それにつながる太腿はひんやりとしていたが、股間は火のように熱かった。

おきぬは大胆にも、ざらりとした茂みを惣助の腰骨にぐいぐいとおしつけてくる。

いつしか惣助の一物はたくましく屹立《きつりつ》し、思考は停止してしまったようだった。

惣助はほんとうは堅物というわけではない。

二十六歳まで女の肌身に縁がなかったのは、いつにかかって扶持《ふち》が安く、おなごに使う銭などなかったからである。

むしろ、身体は壮健そのもので、十六、七のころには、夜半、思いもよらぬ淫らな夢を見て夢精し、粗相《そそう》した褌の洗濯に困惑したものだ。

剣道場で師範から認められるようになってからは道場での稽古《けいこ》に身がはいり、夜も床にはいるなり死んだようになって熟睡し、妄想に悩まされることはなくなった。

脱藩してからも食いものにありつくことだけに必死で、女に目が向く暇はなかった。

それがひょんなことから百姓家の客になって飯を馳走になったが、たとえ、相手が寡婦《やもめ》とはいえ、その肌身まで馳走になっていいものか……。

そんな惣助の戸惑いをよそに、おきぬは滑らかな肌身をすりよせ、熱い吐息をもらしつつ、口を吸いつけてくる。

「お、おい……いいのか、こんなことして……娘に知れてもいいのか」

「いいにきまってるだ……あの子も一人前のおなごだもの。それに友吉さんもいるだによ。男とおなごのすることぐらいはとうに知ってるだよ」

「し、しかし……」

「ほら、もっとちゃんとしてくんなきゃ、つまんないよう」

いくら美人でも人形のように味気のなかった久実とちがって、おきぬはみずから忍んできただけに滑らかな肌身をおしげもなくさらし、大胆に足をからみつけてくる。

惣助も木石《ぼくせき》ではない。

おきぬの吸いつくように滑らかな内腿の肌身にふれて、素朴な若者の本能がむくりと頭をもたげた。

惣助は片肘ついて身を起こすと、枕行灯《まくらあんどん》の淡い火影《ほかげ》のなかにうかんでいる二つのふくらみに目をやった。

こんもりとしたふくらみは量感にみちていて、せわしない息づかいとともにおおきく波をうっている。

そのふくらみの頂《いただ》きに茱萸《ぐみ》の実のような乳首が粒だって硬く凝《しこ》っていた。

惣助はおずおずと手をのばし、そのふくらみを掌でつかみしめた。

おきぬの肌身は湯あがりでほのかに汗ばんでいる。

惣助の屹立におきぬのふわりとした陰毛がおしつけられてきた途端に、それまで惣助のこころの片隅にあった、かすかなためらいも雲散霧消《うんさんむしょう》した。

惣助はむんずと腕をおきぬの厚みのある腰にまわしてひきよせ、ぽってりとした唇を吸いつけた。

第四章　迷い道

一

——その、翌日。

刈谷惣助は、おきぬが畑に出かけたあとで裏庭に出ると、鋸《のこぎり》や鉋《かんな》、金槌《かなづち》、鑿《のみ》などを手にして、古くなって建て付けが悪くなった納屋《なや》の板戸を直していた。

風が吹きつけると、すぐに戸が外れてしまうらしい。

板戸の凸《でこ》の部分がすり減っているし、敷居の溝《みぞ》も浅くなっている。

納屋を建て直したほうがいいなと思ったが、とりあえず鑿で敷居の溝を深く削りこむことにした。

納屋には稲藁《いなわら》が積んであって、農具も収納するようになっている。

納屋の脇には鶏《にわとり》小屋が二つあり、ひとつには雄鶏《おんどり》と雌鳥《めんどり》が同居していて、もうひとつの小屋には孵《かえ》って間もないらしい雛《ひな》が入れられていた。

おきぬは惣助が朝飯を食っているあいだに舅《しゅうと》の権助と、娘のおちえと連れだって野良に出ていった。

おきぬは出かける前に素早くそばに寄ってくると、ゆうべはごめんねとささやいた。

ゆうべのことは別にあやまるようなことではなく、おあいこだろうがと思ったが、おきぬが二度目をせがんだからかと、あとで気がついた。

そういえば惣助の朝餉《あさげ》の膳に生卵がついていたのも、百姓家の朝飯にしては贅沢《ぜいたく》すぎる。

もしかしたら惣助のための、おきぬの気遣《きづか》いかも知れない。

おちえは囲炉裏端《いろりばた》の隅に架けられた階段梯子《ばしご》をあがった屋根裏の六畳間で寝ているから、昨夜のことは気づいていないようだった。

しかし、祖父の権助は起きてきた惣助の顔を見るなり、にやりとしていたところをみると知っていたような気もする。

なにしろ、おきぬの声も声だが、ああ床板がみしみし撓《しな》っては隣室に寝ていた父親の権助にカンづかれないわけがない。

おきぬと相談して床板を貼り替えたほうがいいなと思いつつ、とりあえず鑿を振るっていた。

土壁の納屋には味噌樽《みそだる》、醤油樽《しょうゆ》のほかにも薪《まき》が無造作に山積みされている。納屋のほかにも土蔵があって、米や麦の俵《たわら》が積んである。

自前百姓というのは下手《へた》な武士より、暮らし向きはずんといいようだ。

ほかほかの飯に生卵を割りこんで、醤油をたらし、あったかい卵かけ飯をむさぼるように食った。

生卵に醤油をかけまわし、飯にまぜて食うのは惣助の大好物だが、国元にいたころはこんな贅沢な朝飯は食ったことがない。

この卵は飼っている鶏が産んだもので、雌《めす》は毎日のようにせっせと卵を産むらしい。

食べきれない卵は売るのだという。

ほかに今年孵化《ふか》した雛鳥が十数羽いるが、雌ばかりで雄《おす》は三羽しかいない。

雄は卵を産まないから、一年もしたら首を捻《ひね》って食べてしまうのだという。

盆と正月に雄の首をしめて食うのが楽しみらしい。

雄は種付けのほかには役立たずということなのだろう。

いずれは首を捻られて食われてしまうだけの雄が何やら哀れになる。

もっとも人間も、男よりも女のほうが利用価値は高い。

いざとなれば女は女中奉公もできるし、器量よしなら商人の女房にもなれるし、妾奉公《めかけぼうこう》という手もある。

この家のおちえなんぞは可愛い顔をしているし、肌もつやつやしているから貰《もら》い手にはことかかないだろう。

いまの世の中、男は子を産ませる種付け馬みたいなものだ。

侍などといっても、よほど家柄のいい家に生まれなければ無用の存在といえる。

どうにか納屋の戸はうまくはまって、ひと息つきながら手拭《てぬぐ》いで汗を拭った。

鶏が惣助のまわりをうろつきながら、せっせと土をつつきまわっている。

鶏小屋には鼬《いたち》よけの太い針金の網が張られていて、番犬としてゴンというおおきな雑種の犬を飼っている。

ゴンは山猟師《やまりょうし》からわけてもらった猟犬で、狼も恐れない獰猛《どうもう》な犬らしい。

夜になると家のまわりを徘徊《はいかい》するものの、昼間はだらしなく鶏小屋の近くでゴロ寝している。

惣助をはじめて見たときは牙《きば》を剥《む》いて唸《うな》ったが、おきぬが一声かけると途端に尻尾《しっぽ》をふっておとなしくなった。

どうやらゴンも惣助を家族のひとりと認めてくれたようだ。

――みんなが認めてくれるなら、ここの家族の仲間入りをするのも悪くはない……。

おきぬは惣助より年上だが、肌身も艶《つや》やかで豊満な女である。

しかも、おきぬはあけすけな気性で、裏表のない女であることはたしかだった。

いっそのこと、おきぬの婿《むこ》になり、百姓になるのもいいかも知れないなと思った。

侍などといっても、食っていくのがやっとの足軽に毛が生えたような下士身分など、虫けらのような存在である。

――百姓のほうが、よほど気楽でいい。

納屋の修理をおえて、薪割りにかかった。

山積みされている雑木を鋸で引いて、斧《おの》で割るだけだが、やってみると結構な重労働だった。

剣道場ではしゃきっと背筋をのばして相手と対峙《たいじ》するが、薪割りはどうしても猫背気味になってしまう。

おまけに昨夜、おきぬと二度もいとなみをもったあとだけに、半刻（一時間）もつづけると腰が重たくなってきた。

ひと息ついて、また惣助は斧を手に一尺余もある楢《なら》の根株に立ち向かった。

なにせ、惣助は笹岡藩からの討手《うって》がかけられている身である。

姦夫《かんぷ》姦婦《かんぷ》とはいえ、惣助が斬《き》った姦婦の妻はともかくとしても、姦夫のほうは城代家老三崎玄蕃の甥《おい》でもある。

しかも、藩境を越える前に追ってきた討手を何人も斬ってきている。

到底、このまま何事もなくすむとは思えなかった。

笹岡藩には探索方の与力や同心もいるし、いざともなれば江戸屋敷も浪人者の剣の遣い手を金で雇い、賞金を餌《えさ》に討手として差し向けてくるだろう。

いずれは下目黒村にも探索の手がのびてくるとみたほうがいい。

——この家のものや、村のひとに迷惑をかけるわけにはいかぬな……。

ともあれ、おきぬとの情事に溺《おぼ》れて、躰がなまっていては討手と立ち向かうことも出来ないだろう。

二

惣助はあらかた薪割りをおえると、亡父遺愛の無銘ながら相州物の大刀を手に素振りをはじめた。

斧とちがって、真剣はふりおろす速さもちがうし、ふりきるわけにはいかない。下手にふりきると、鋒《きっさき》がおのれの足を傷つけることもある。

ぴたりと止めては、またふりあげ、ふりおろしては鋒をもどす。

もどしざま、横にふりはらう。

薪割りでは汗ひとつかかなかったが、真剣の素振りは数十回も繰り返すと全身が汗ばんでくる。

寝そべって惣助の素振りを首をかしげて見守っていたゴンがむくりと起きあがり、牙をむいて低い唸り声をあげた。

惣助が素振りの手をとめたとき、ふいに旅装束に身を固め、編笠をかぶった侍が姿を見せた。

「すまぬが、水を一杯飲ませてくれぬか……」

そう声をかけてきた侍を見て、惣助は思わず目を剝いた。

「おい、牧野……牧野ではないか」

「うむ？」

井戸端に向かいかけた侍が、惣助のほうを振り向いて息を飲んだ。

「か、刈谷……」

なんと、その侍は惣助の親友の牧野昌作だったのである。

「き、きさま……こんなところにいたのか」

「きさまこそ、どうして、また……」

牧野昌作は編笠をむしりとると、惣助に駆け寄ってきた。

惣助にとって牧野昌作はこころを許せる数すくない親友だった。

牧野昌作とはつもる話もある。

ともあれ土間に案内し、囲炉裏に架けてある土鍋の湯で番茶を淹《い》れて、井の沢庵《たくあん》を茶受けにだした。

「お、沢庵か……こいつはいい」

沢庵をつまんでバリバリと嚙《か》みしめつつ、牧野は藩から惣助の探索を命じられて江戸に向かうところだと語った。

「なにしろ江戸屋敷の連中は、きさまの顔など見たこともないやつばかりだからな。しかも藩の上士連中もきさまの顔は知らぬゆえ、探索に駆り出されたのよ」

上がり框《かまち》にどっかと腰をおろして茶をすすった牧野昌作は、憮然《ぶぜん》とした目で惣助を見返し、ホロ苦い目をしばたたいた。

「むろん、気はすすまんが、御家老の命とあれば断るわけにもいかんからの」

牧野は口をひんまげて渋い目になった。

「しかし、まさか、きさまがこんなところに潜んでおるとは思いもよらなんだわ」

「べつに潜んでおるわけじゃないが……」

ひさしぶりに飾ることなく本音をしゃべれる相手に巡り合った惣助は、脱藩してからのいきさつを牧野に語った。

「ほう、するときさまは、この家の一人娘の命の恩人というわけか」

牧野は破顔して、おおきくうなずいた。

「いや、藩の討手はさしたることもなかったが、ここの娘を手込めにしようとした浪人者の一人がなかなかの手練《てだ》れでな」

運よく神谷平蔵という遣い手の助太刀があって、娘のちえを無事に助けることができたのだと告げた。

三

「ふうむ……その神谷平蔵というのはそれほどの遣い手なのか」

冷えた番茶をすすりながら、牧野昌作は惣助に尋《たず》ねた。

「ああ、鐘捲流《かねまきりゅう》の佐治一竿斎とかいうおひとの道場で鍛えられたそうだが、あれだけの遣い手はこれまで出遭《であ》ったことはないな」

「ふうむ……佐治一竿斎といえば江戸でも五本の指にはいる達人だ。その愛弟子《まなでし》とあれば相当のものだろう」

「ほう。佐治一竿斎というおひとはそんなに高名な御仁《ごじん》か」

「うむ。なんでも当代で名人にはいる剣客といえば、まず佐治一竿斎どのだろうといわれておるほどのおひとだからな」

「ほう……きさま、よく知っておるな」

「あたりまえだ。おれはこれでも長年のあいだ探索一筋に務めてきたんだぞ。藩だけではなく、江戸や上方のことも自然に耳にはいってくるさ」

牧野は意味ありげに片目をつむってみせた。

「それはともかくとしてだ。きさま、百姓姿もなかなかさまになっておるぞ。いっそのこと、その娘の入り婿になって、この村に骨をうずめたらどうだ。ン」

「ばかをいえ。おちえは、まだ十六の小娘だぞ」

「ほう、手つかずの生娘《きむすめ》か。そりゃ、ますますいい。きさまのような不器用者にはうってつけじゃないか」

牧野昌作は首をよじって、土間から奥の部屋のほうを見渡しながら感嘆した。

「この家は藩の組長屋よりはずんと広い。いやいや、たいしたものよ。……なんなら、おれが入り婿したいくらいのもんだ」

どすんと惣助の肩を鷲《わし》づかみにした。

「な、もしも、娘のほうがだめなら、その母親のほうでもいいじゃないか」

「う、うむ……」

まさか牧野が昨夜のおきぬとの秘事を知っているはずはないが、惣助は思わず頬を赧《あか》らめた。

「おい。その母親はいくつになる。まさか四十過ぎの婆さんじゃあるまい」

「う、うむ……たしか、三十一、二だと思ったたな」

「そりゃあいい。俗にも、おなごは三十させごろ、四十しごろというからの」

「ちっ……きさま、すぐにそう下世話《げせわ》なことを口にする」

「ふふ、ま、そうとんがるな。ムキになるところをみると、もう味見でもしてみたか」

牧野はにやりとした。

「ふふふ、まさか、きさまにそんな器用なことはできまいな」

牧野は沢庵を一切れ口にほうりこんで、もっともらしい顔になった。

「そうよなぁ、きさまには存外、年上のおなごのほうがうまくいくかも知れん……ウン、おなごにはとんと朴念仁《ぼくねんじん》のきさまにはうってつけかもな」

「お、おい……」

「そうよ。なにせ、婚するまでおなごの肌身を知らずに過ごしてきたような男だ。きさまのような世間に疎《うと》い男には、むしろ、十五、六の小娘よりも、三十年増《どしま》のほうがうまくいくかも知れんて……」

牧野はポンと両手をたたいて、おおきくうなずいた。

「俗にも白酒は年増のほうが味がよしというからの」

「なにぃ、白酒とはなんだ……」

「ばか。おなごの白酒も知らんのか。年増は露《つゆ》が多いということよ」

「まぁ、いい。とにかく三十路《みそじ》のおなごなら、まだ、乳も臀《しり》もたるんじゃいないだろう。ええ、おい……」

牧野は露骨なことを口にして、惣助を見やった。

刈谷にいわれるまでもなく、もはや、おきぬとわりない仲になっている惣助はまぶしい目になった。

「まさか痘痕面《あばたづら》というわけじゃなかろう」

「おい、きさま。いっていいことと悪いことがあるぞ」

惣助、ついむきになって反論した。

「おきぬどのには再婚の話はひっきりなしにあったそうだが、一人娘を育てるために断り通してきたと聞いておる」

「ははぁ……おきぬどののときたか」

牧野昌作、にんまりとした。

「どうやら、まんざら、おかちめんこでもなさそうだな」

牧野昌作は再びにんまりすると、パンと両手を打ってけしかけた。

「な、今夜にでも夜這《よば》いしてみろ。向こうもそれを待っておるかも知れぬて……

「ン……」

まだ、三十路ならややこも産めるやも知れぬぞ」

「こいつ！……だいいち、浪人者がややをつくってどうする」

「なぁに、これだけの住まいがあって、田畑もあるとなればややを育てるに困ることもあるまいて……ン？」

「ちっ、気楽なことをいってくれるわ」

「いやいや、本気も本気。きさまは口下手だが、足腰も頑丈にできておる。小普請組だったゆえ、大工仕事にも手馴《てな》れておるし、野良仕事ぐらいはなんとかなるもんよ」

「まぁ、な……」

「そうよ。食うのがかつかつの侍奉公より、自前百姓のほうがずんと気楽でいいぞ」

「う、うむ。……おれも他家への仕官など考えてもおらんが」

「そうよ。今は浪人者など掃いて捨てるほどあまっておる。おまけに脱藩者なんぞ見向きもされんぞ」

　牧野昌作はにべもなく吐き捨てた。

「ま、ともあれ、当分はここに潜んでいるほうが無難だぞ。いいか、江戸屋敷では側用人《そばようにん》の藪内《やぶうち》どのが采配を振るって腕利きの浪人を何人も刺客《しかく》に雇い、なにがなんでも、きさまを討ち取ろうとしておるらしい」

「ふうむ……おれのために刺客を雇うとはご苦労なことだ」

　惣助は苦笑いした。

「ま、きさまの腕ならそうそうたやすくやられまいが、ともあれ君子危うきには近寄らずよ」

　牧野昌作は惣助の肩をつかむと、ふかぶかとうなずいた。

「ともあれ、これが、きさまとの今生《こんじょう》の別れになりそうだな」

「う、うむ……」

「とにかく達者でいろよ……」

　ぎゅっと惣助の手をつかみしめると、牧野昌作は片手をひらひらさせながら土間を出て、街道に去っていった。

　──討手、か……。

　惣助はホロ苦い思いを嚙みしめた。

　覚悟はしていたものの、まさか親友の牧野昌作まで駆り出されるとは……。

　ともあれ、惣助がこのままここに逗留《とうりゅう》していれば、おきぬやおちえ、権助まで巻き添えにしかねない。

それだけは、なんとしても避けなければならなかった。

とはいえ、他藩の領内をうろついては、よそ者はたちまち領民に見咎《みとが》められよう。

——やはり、江戸に出るしかないか……。

江戸には笹岡藩の屋敷があるものの、他国の浪人者も多いと聞いている。

惣助はふところに大事にしまってあった神谷平蔵手書きの絵図をとりだした。

——江戸にまいられたら遠慮なく訪ねてまいられよ。

神谷平蔵はそういってくれた。

神谷平蔵というおひとは惣助が脱藩者と承知のうえで、そういってくれたのである。

いまは、それが惣助にとって唯一の頼りでもあった。

第五章　波乱の予兆《よちょう》

一

——今日も平蔵さまは、お戻りにならなかった……。

由紀が神谷平蔵とわりない仲になって一年あまりになる。

由紀は田原町《たわらまち》の老舗《しにせ》の湯屋［おかめ湯］の女主人で、平蔵は［おかめ湯］とは目と鼻の先の誓願寺《せいがんじ》門前町の一軒家を借りて町医者をしている。

由紀には［おかめ湯］を贔屓《ひいき》にしてくれる古くからの客が大勢いるし、平蔵にも頼りにしてくれる患者がついている。

由紀の父親は西国高槻藩《たかつきはん》の藩士だったが、母親は雪国の出羽国秋田郡《でわのくにあきたごおり》、久保田《くぼた》藩《はん》の郷士の娘だったという。

色白で女にしては大柄だったそうだが、目鼻立ちのすっきりした美人だったという。

由紀も母親の血を継いだらしく、肌身は白く、のびやかな躰つきをしている。背丈も五尺五寸（約百六十六センチ）と女にしては上背があり、丸髷《まるまげ》を結うとさほど平蔵と変わらないほどある。

由紀は十九のとき［おかめ湯］の主人に望まれて嫁《とつ》いできた。だが、婚した翌年の冬、夫は風邪をこじらせて亡くなってしまった。

わずか一年の儚《はかな》い幸せだった。

二十の女盛りで由紀は寡婦《かふ》の身となったが、そのまま［おかめ湯］の跡を継いできたのである。

平蔵が昨年、二人目の妻である篠《しの》を亡くし、もはや二度と妻は娶《めと》らないとこころにきめていることは由紀も知っている。

平蔵は医師でもあるが、剣士でもある。

医師として人の命を救うかたわら、剣士として命のやりとりを余儀なくされるという矛盾《むじゅん》のなかに生きているような男である。

いっぽう、由紀は女将《おかみ》として［おかめ湯］ではたらいている七人の奉公人の暮らしを支えなければならない。

そのことをわきまえて、二人はこれまでの暮らしを変えることなく、それぞれの仕事を抱えつつ、由紀のほうが通い妻のように平蔵のもとを訪れ、睦《むつ》みあって過ごしてきた。

――昨年。

神谷平蔵は梵天丸《ぼんてんまる》の異名を名乗る夜盗の凶刃《きょうじん》に斃《たお》れたおひさという夜鷹《よたか》の子で太一《たいち》という男の子を引き取る羽目になった。

梵天丸の本名は真柄源之丞《まがらげんのじょう》という水無月藩《みなづきはん》の元藩士で、平蔵に果たし状をつきつけてきたのである。

真柄源之丞は深川十万坪《じゅうまんつぼ》に平蔵を呼び出し、石丸孫助《いしまるまごすけ》という居合いの遣《つか》い手を介添えにするという。

石丸孫助は平蔵の剣友でもある小鹿小平太に宿縁があった。

平蔵は小鹿小平太を介添えに深川十万坪に向かった。

真柄源之丞は難剣の遣い手だったが、死闘のすえ、平蔵はようやく討ち果たすことができた。

また小鹿小平太も石丸孫助を討ち果たすことができた。

平蔵は、真柄源之丞の凶刃に非業《ひごう》の死を遂げた、夜鷹のおひさの子の太一を預かることになった。

しかし、町医者をしながら男手ひとつで子育てするのは至難のことだった。もてあます平蔵を見かねて、由紀が太一を預かり、育ててくれることになったのである。

いまでは太一は由紀を「おっかあ」と呼び、平蔵を「ちゃん」と呼んでなついている。

神谷平蔵が父親のように敬慕している鐘捲流《かねまきりゅう》の達人・佐治一竿斎を訪ねて下目黒村に向かってから、二ヶ月あまりになる。

——すぐに戻るゆえ、留守を頼む。

まるで隣町に出かけるような口調だった。

その間、ごく簡単な文《ふみ》が一通届いただけだ。

平蔵とわりない仲になったあと間もなく、由紀に向かって、

——おれは、風の吹くまま、気の向くまま、どこに飛んでゆくかわからぬところがある。いつ、どこの野面《のづら》で果てるともわからぬ男だが、それでもよいのか……。

と問いかけたことがある。

そのとき由紀は迷うことなく、

――おなごにも、おなごの一期一会《いちごいちえ》がございます。平蔵さまは、わたくしがこうときめた御方です。どこで何をなさろうとかまいませぬ……。

迷うことなく、そう答えた。

――たとえ、いつか、お別れの日がまいりましょうとも、とりみだすようなことはいたしませぬ……。

きっぱりと、そうも言った。

それが、たった二ヶ月、留守をしただけで、こうも切ないとは……。

由紀はやるせない溜息をもらした。

由紀が二十で若後家になって六年、その間、何人もの男から見そめられたが、［おかめ湯］を守る女将として一人身を通してきた。

もう二十六歳になる由紀が生まれてはじめて慕情を抱いた、たった一人の男が神谷平蔵だった。

前夫との交わりはきわめて淡いものでしかなかった。

生涯、［おかめ湯］の女将として一人身で過ごしても悔いることはないと思っていた。

なかば、おなごであることを忘れていた由紀に、生身の女の歓びを目覚めさせてくれたのも平蔵だった。

それだけに、由紀の平蔵への思いは一途《いちず》なものがあった。

いまの由紀にとって平蔵のいない暮らしなど、砂を嚙《か》むように味気ないものだった。

奥の座敷の敷居には平蔵の肌襦袢《はだジュバン》と黒紋つきの着物、それに三つ紋つきの羽織が衣紋《えもん》掛けに虫干しにしてある。

由紀は思わず、衣紋掛けに吊るした平蔵の肌襦袢を引き寄せた。

虫干しにしてあったとはいっても、洗い張りをしたわけではないから平蔵の体臭がしみついている。

淡い宵闇にひたされつつある部屋のなかで、由紀はひっそりと立ちつくしたまま、しばし胸を熱くした。

——平蔵さま……。

由紀は薄闇に包まれた部屋の壁ぎわで、衣紋掛けに吊るしたままの平蔵の着衣に顔を埋めこんで頰を濡らした。

いっそのこと、[おかめ湯] は太一に継がせ、由紀は平蔵の妻になって日々、いっしょに暮らしたい。

由紀の切ない思いはつきなかった。

由紀はしばし平蔵の肌着に顔をうずめて放心していた。

遠雷が西の空から聞こえてきたかと思うと間もなく、たたきつけるように稲妻《いなずま》が閃《ひらめ》き、沛然《はいぜん》たる驟雨《しゅうう》が屋根をうつ音がした。

いつの間にか、空に黒雲がひろがり、大粒の雨が濡《ぬ》れ縁《えん》にまで吹きつけてくる。

由紀は腰をあげると、大急ぎで雨戸をしめにかかった。

裏庭のモッコクの新葉が、驟雨に洗われてみずみずしくゆらいでいた。

二

平蔵が留守のあいだは、町内の火消しの若い衆が五つ半（九時）ごろになると交代で泊まりこみにきてくれることになっている。

由紀が盆に煎餅《せんべい》と番茶を用意しておいて番傘を手に下駄《げた》をつっかけ、驟雨のなかを小走りで通りに出たとき、田原町の角を曲がって一人の侍が姿を現した。

その男は腰に二本差して、月代《さかやき》を剃《そ》った髷の頭に菅笠《すげがさ》をつけ、単衣物《ひとえもの》を着流しにしている。

その男は降りしきる雨のなかを傘もささずに、さして急ぐようすもなく雪駄《せった》を突っかけて歩いてきた。

その男は傘を手にした由紀とすれちがったとき、ふっと足を止めて、由紀の後ろ姿を見送った。

――あの女……。

その男は目を細めると、降りしきる雨のなかで凝然《ぎょうぜん》と立ちつくした。

「由紀……」

その男は、低い声でぼそりとつぶやいた。

稲妻が光ったかと思う間もなく、たたきつけるような雷鳴が轟《とどろ》いた。

その男は雨のなかで、身じろぎもせずにいた。

由紀は田原町の角を曲がって小走りに消えていったが、男は雨にうたれながらその後ろ姿を見送った。

三

——あれから、もう、九年になるか……。

そのころ、その男は由紀とおなじ長屋に住んでいた。

まだ十七の娘盛りだった由紀は、父親と二人きりで暮らしていた。

その男は二十二歳の若者で、幼いころから館林《たてばやし》城下の無外流《むがいりゅう》の剣術道場に通い、十七歳で免許皆伝《めんきょかいでん》を取るほどの遣い手だった。

父は館林藩で小姓組《こしょうぐみ》の小頭《こがしら》をしており、無外流の剣士として知られていた。

江戸在府のころ、江戸屋敷に女中奉公にあがっていた母を見そめ、組頭に強引に頼みこんで養女にしてもらい妻に娶った。

しかし、その男が五つになったころ、父は外に女ができて妻を邪慳《じゃけん》にあつかうようになった。

おとなしい母は、ひたすら息子の成長だけを楽しみにしていた。

ところが、男が六歳になったとき、父は母を離縁してしまったのである。

皮肉にも父の血を受け継いだのか、その男は成長するにつれて、めざましく剣の腕をあげていった。

父を見返してやろうと剣術修行を藩に申し出たその男は、武芸好みの藩主の許しを得て、旅にでることになった。

ところが、それから間もなくして、他国から流れてきた武芸者が城下に念流の道場をひらき、藩主に願い出て無外流の遣い手である父に真剣勝負を挑んできた。

その御前試合で父は負けて死亡した。

継ぐべき嫡子《ちゃくし》は旅の空にいて居所も不明のため、家は断絶した。

そのことを九州にいた男が知ったのは一年後だった。

もはや母もいない藩にもどる気がなくなった男は、江戸に出てきたものの、いまさら他藩に仕官する気はなかった。

宮仕えの藩士など藩の上士の気にいられれば出世できるが、都合が悪くなるとあっさり切り捨てられてしまう。

いわば使い捨ての雑巾《ぞうきん》となんら変わることはない。

まだしも商人のほうが、おのれの才覚で富を得られるだけましだが、算盤《そろばん》には無縁な男は剣の腕を売り物にして稼ぎ、好きなように生きようと思った。

江戸に出てきたころ、男はおなじ長屋に住んでいた由紀に生まれて初めて恋をした。

だが、その男が初恋に悶々《もんもん》としているうちに、由紀は早ばやと［おかめ湯］の嫁になってしまったのである。

やがて、その男は無頼《ぶらい》の輩《やから》に身を落とし、銭で恐喝や刺客《しかく》を引きうけるようになった。

いまでは闇の世界で、それと知られるほどの腕利きの刺客になっている。

銭で肌身を売る女は数えきれないほど抱いてきたが、これまで心底から惚《ほ》れた女は由紀ひとりだけだった。

その男は田原町の角に消えた由紀の後ろ姿を見送って、しばし驟雨のなかに立ちつくしていたが、やがて浅草田圃《たんぼ》のほうに向かって足を運んだ。

浅草田圃の彼方《かなた》には吉原遊郭の灯りが雨のなかに霞《かす》んで見える。

この雨のなかでも遊郭に向かう者、廓《くるわ》で借りた傘をさして帰路につく遊客もいる。

その男は吉原遊郭の出入り口にある見返り柳から一町あまり離れた田町《たまち》二丁目の民家の軒下に佇《たたず》んだ。

間もなく雨が小降りになってきたころ、一人の立派な身なりの侍が、定紋《じょうもん》つきの提灯《ちょうちん》をかざした若党を従え、塗り傘を手に遊郭から出てくるのが見えた。

若党が手にしている提灯の紋所は三枚笹《さんまいざさ》であった。

男は民家から離れ、その侍のほうに向かい、ゆっくりと近づいていった。

「公儀御目付、小笠原一学《おがさわらいちがく》どのでござるな」

「うむ。きさま、何者だ……」

——転瞬。

闇のなかで刃《やいば》が一閃《いっせん》、二閃したかと思うと、小笠原一学と若党が声もなく、路上にくずれ落ちた。

若党の手から離れた提灯の火が、狐火《きつねび》のように暗夜に燃え上がった。

吉原帰りの遊客が悲鳴をあげ、遊郭の引手茶屋に詰めている男衆が駆けだしてきた。

そのときすでに、その男は何事もなかったかのように刃を鞘《さや》におさめ、田町二丁目の露地に消えていった。

四

駆けつけてきた北町奉行所の定町廻《じょうまちまわ》り同心斧田晋吾《おのだしんご》は二人の屍体を入念に検分すると、太い溜息をもらした。

「こいつは物取りや喧嘩沙汰《けんかざた》じゃねぇ。小笠原さまを狙ったやつの仕業《しわざ》だな」

斧田はそれが癖の十手《じって》で肩をポンポンと叩きながら、むつかしい顔になった。

「へ、へぇ……もしかしたら、吉原の花魁《おいらん》がらみの恨みでござんすかねぇ」

斧田が手飼いにしている岡っ引きの常吉《つねきち》が口を挟んだ。

「馬鹿野郎！　やられたのは仮にも公儀の御目付だぞ。しかも、小笠原さまは柳生流《やぎゅうりゅう》の免許取りだ。それが、こんなに簡単に斬《き》られるわけはねぇ」

「へっ……」

「それに下手人《げしゅにん》は小笠原さまの懐中には手もつけちゃいねぇだろうが」

斧田はしゃがみこんで、小笠原一学のふところから財布を抜き取った。

「見ろい。財布にゃ小判で十数両もはいってるじゃねぇか。物取りがめあてなら、見逃すわけはなかろう」

「へ、へぇ……そいじゃ、やっぱり花魁をめぐっての色恋沙汰だ」

「ちっ！　おめぇはどこまでとんちきな野郎なんでぇ。花魁なんざ、金で肌身を売るのが商売だろうが。そんな売女《ばいた》にいれあげるようなとんちきが天下の御目付を問答無用で斬り殺すような真似をするか……」

斧田はおおきく息を吐いて腰をあげた。

「それに、このホシはおそろしく腕のたつ遣い手だ。おおかた大金で雇われた刺客《しかく》の仕業だな」

「刺客……」

「そうよ。この斬り口を見てみねぇ。抜く手も見せずにバッサリ一刀両断で仕留めやがったにちがいねぇ。小笠原さまは刀の柄《つか》に手をかける間もなかったんだろうな」

斧田は片手拝みすると連れの若党を目でしゃくった。

「それも念入りに小笠原さまだけじゃなく、供の若党も道連れにされたとあっちゃ、手がかりも何もありゃしねぇやな」

「物盗りの仕業じゃないとしたら、もしかすると、小笠原さまにお役目のうえで遺恨のあるやつの……」

「おい。滅多なことをいうなよ。御目付というのは天下の御旗本の理非曲直《ひりきょくちょく》を糺《ただ》すのが仕事だぞ。こちとら町方同心にはかかわりのねぇことさ」

斧田はペッと唾《つば》を吐き捨てた。

「このホシをお縄にするのは、砂のなかに埋まった小銭を見つけるより骨だろうよ」

五

永代寺門前町《えいたいじもんぜんちょう》は隣接する富岡八幡宮《とみおかはちまんぐう》とともに下町でも屈指の賑《にぎ》わいをもつ深川の代名詞となっている。

香具師《やし》の元締めである播磨屋仁左衛門《はりまやにざえもん》の本宅は永代寺門前町の一画にある。敷地は約二百坪、水堀を背にした屋敷は日頃からひっそりと静まりかえり、青々と茂る庭木に包まれて人の声も漏れてはこない。

――その夜。

四つ(午後十時)過ぎという夜半に、この屋敷の脇門をくぐって一人の男が播磨屋仁左衛門を訪れてきた。

門番もあらかじめわかっていたとみえ、名前を尋《たず》ねようともしなかった。

その男はすぐさま内女中に案内されて、奥座敷の仁左衛門のもとに足を運んだ。

ちょうど仁左衛門は腹ばいになったまま、二十歳《はたち》そこそこの美貌《びぼう》の女に足腰を揉《も》ませているところだった。

「おお、聞いたぞ。あの目障《めざわ》りなやつをまんまと仕留めたようだの」

仁左衛門はむくりと躰を起こすと、女を目でしゃくって追いやった。

「吉原土手とは、また賑やかなところで仕留めたものだのう」

仁左衛門は江戸の暗黒街では名を知らぬ者はいないといわれている大物である。

だが、暗黒街にふさわしからぬ柔和な温顔に満足げな笑みを浮かべた。

背は五尺（約百五十センチ）そこそこの小柄な老人だが、柔和な双の眼は糸のように細い。

しかし眼底には底光りのする冷ややかさを秘めている。

百人を越す男たちを自在に動かし、邪魔者は虫でもつぶすように世の中から消してしまうと恐れられているという。

しかし、その男はたじろぐようすもなく平然と見返した。

「なに、吉原堤《つつみ》はおなごの肌身にうつつをぬかした廓通いの客ばかりゆえ、どうということはござらぬ」

「うむ、うむ……さすがは、この播磨屋の切り札のそなたじゃ。泣く子も黙ると恐れられている公儀の目付を苦もなく一撃で仕留めるとはたいしたものよ」

まるで、その場で見ていたかのような口ぶりでうなずいた。

仁左衛門は身をよじって床の間においてあった手文庫をひきよせると、百両の包み金を男の膝前におしやった。

「約束の後金じゃ……」

男は無造作に包み金をふところにねじこんだ。

「ならば、これにて……」

「ふふふ……相変わらず素っ気のない男じゃな。なんなら、いまの女、そなたに抱かせてやってもよいぞ。顔もよし、なかなか床あしらいのいい女だぞ」

「いや、それがしにも好みというものがござるゆえ」

「あの女の臀《しり》では気にいらぬか……乳もほどようふくらんでおるがのう」

「せっかくながら……何人もの男の手垢《てあか》がしみついたような白粉《おしろい》臭いおなごは抱く気がしませぬな」

「ふふふ、相変わらず、にべもない男だの」

仁左衛門は口辺に苦笑いをうかべた。

「たてつづけで忙しかろうが、明日にも屋敷者の二本差しが仕事を頼みに行くはずじゃ。あまり気乗りのせん仕事じゃが、話だけは聞いてやるがよい」

「屋敷者はもったいをつけるものの、払い汚いものゆえ、あまり気が向きませぬな」

「ふふふ、ま、会《お》うだけは会うてみてやってくれ」

「ま、播磨屋の紹介とあらば無下《むげ》に追い返すわけにもいかぬでしょう。会うだけは会ってみましょう」

その男はうなずくと、大刀を摑みとって腰をあげた。

「その者、何処《いずこ》の藩中の者ですかな」

「たしか笹岡藩の者ともうしておったな」

「承《うけたまわ》った。ま、ともかく話だけは聞いてみますかな」

そういうと、男は無愛想に頭をさげて背を向け、すっと廊下に出ていった。

第六章　刺客請負人《しかくうけおいにん》

一

——翌日。

その男は狭い庭に面した濡《ぬ》れ縁《えん》にあぐらをかいて、花林糖《かりんとう》をつまんではポリポリと齧《かじ》っていた。

花林糖は小麦粉を練って板のようにのばし、一口ぐらいのおおきさにきったものを油で揚げて黒砂糖をまぶしつけただけの女や子供が食う駄菓子《だがし》である。

飯炊《めした》きに雇っている婆さんが茶受けにと出してくれたものだ。

大の男が食うものではないが、せっかくだから齧ってみたら甘いだけで、さしてうまいものではない。

かといって捨てるのも婆さんに悪い気がして口にしていると、どこからか迷い込んできた子犬が腹をすかしているらしく、尻尾《しっぽ》をふって物欲しげに首をかしげる。投げてやると、たちまちぺろりと平らげた。

ここは隅田川《すみだがわ》の東郊にひろがる本所荒井町《あらいちょう》にある仕舞屋《しもたや》だが、その男は数年前から住み着いている。

ただし、近所の住人とは挨拶《あいさつ》ひとつしない。

何をして暮らしているのかわからないが、不思議に金回りはいいらしい。

腰に二本差しているところをみると浪人者らしいが、妻もなく、飯炊きの婆さんとの二人暮らしだった。

三日に一度は髪結い床に出向いて、月代《さかやき》を青々と剃《そ》り上げてくる。

そんな浪人者は本所深川には腐るほどいるが、その男は近所の者と揉《も》め事《ごと》ひとつ起こすわけではなかった。

ただ一度だけ、酒に酔った二人の浪人者が通りかかった若い女房に因縁《いんねん》をつけてむりやり連れ去ろうとしたことがある。

そのとき、のそりと家から出てきたその男は、手にしていた刀を抜く手も見せず一閃《いっせん》したかと思うと、二人の浪人者の髷《まげ》を斬《き》りはらってしまった。

ザンバラ髪になった浪人者は血の気も失せ果て、担ぎあげていた女をほうりだして逃げてしまった。

以来、その男は近所の人びとから畏怖《いふ》の眼差しで見られるようになった。

ただ、ときおり婀娜《あだ》っぽい女が訪れてきては昼間からあらぬ嬌声《きょうせい》をあげる。

夜になると腰に大小を差して、雪駄《せった》を突っかけ、着流しでぶらりと出かけていく。

近所の人びとは賭場《とば》に博奕《ばくち》を打ちにゆくか、白粉女《おしろいおんな》でも抱きにゆくのだろうと噂《うわさ》している。

住み込みの婆さんが、これまた、ぶっきらぼうのうえに耳が遠いときている。

そのくせ、ときおり金回りのよさそうな商人や、身なりのいい武家が訪ねてくる。

町役人が名前を聞くと、そっちで勝手につけてくれとふざけたことをいったらしい。

なんとも得体の知れない住人だった。

玄関脇には五坪ほどの小庭があって、苔《こけ》むした雪見《ゆきみ》灯籠《どうろう》があるし、紅葉《もみじ》や五葉《ごよう》松《まつ》などの庭木も植え込んである。

しかし、その男は庭の手入れをするわけでもなく、野良犬や野良猫が勝手にはいりこんできては交尾するのを眺めたり、菓子や残り飯をくれてやっている。

二

――その日。

その男が縁側で、ぼそぼそと花林糖を囓っていると、玄関にだれか来たらしく、応対に出た婆さんの声がした。

間もなく婆さんが、あたふたとやってきて来客だと告げた。

「それも、立派な身なりのお武家さまがお二人もおそろいで……」

婆さんは声をひそめて、ささやいた。

「あのようすじゃ、きっと、また上口《じょうくち》の仕事をお頼みにきなさったんですよ」

婆さんはにんまりした。もう六十の坂をとうに越している婆さんは、自分が儲《もう》かるかのような、ほくほく顔になっている。

男はのそりと腰をあげると、残りの花林糖を庭の子犬にそっくり投げてやった。

「あら、ま、もったいない」

婆さんは目くじらたてて、シッシッと子犬を追いたてた。婆さんは年寄りらしからず、犬や猫が嫌いなタチである。

「それで、なんの用か聞いたのか」

「え……」

耳がだいぶ遠い婆さんは片手を耳にあてて聞き返したが、

「あ……へ、へえ、いつものように播磨屋の親分さんから聞いてきたそうですよ」

「よしよし、わかった。ここに通せ」

男は指で室内を指した。

「へへへ……またまた、お宝がはいりそうですね。旦那《だんな》さん」

「よけいな口をたたかずともいい。それより酒が切れておるゆえ、酒屋で買ってこい」

巾着《きんちゃく》を出して、二朱銀を渡してやった。

「釣りはいらぬ。ゆっくりしてきていいぞ」

「へっ、へへへ、はいはい」

おのれに都合のいいことだけは、ちゃっかり聞こえる婆さんである。

たった一人の使用人の耳が遠いのは何かと不便だが、その男にとっては都合がよいことでもあるらしい。

来訪した客人は婆さんの見立てどおり、紋つき羽織に仙台平《せんだいひら》の袴《はかま》という、いかにも身分のありそうな武家だった。

大名屋敷でも羽振りのいい侍らしく、見張りのためか供の侍を玄関先に立たせておいて一人で座敷にはいってきた。

侍は笹岡藩国元で目付を務める土橋省蔵という者だと名乗った。

「ほう、国元の目付どのがわざわざ出向いてこられたからには、よほど大事の用向きと思われるが、それがしのことをどこで聞いてまいられたのかな」

土橋省蔵はしばらく迷っていたが、やがて本所に店を構えて口入れ稼業をしている播磨屋仁左衛門の紹介で来たと告げた。

「ふうむ……」

その男はそれで納得したらしく、かすかにうなずいてみせた。

「播磨屋が請け負ったというからにはおおかた内々で、だれかを人知れず始末して欲しいということですな」

「さ、さよう……」

土橋省蔵は苦渋《くじゅう》の色を滲《にじ》ませた。

「ふふ、ふ……して、それがしに始末して欲しいという相手はどんな人物でござろう」

「うむ。つまり、相手次第では受けられぬこともあるということかな」

「さよう……まず、おなごと幼子《おさなご》は気乗りがせんな。後味が悪い。それに、そんな仕事ならほかにもいくらでも引きうける者はおりますからな」

「なるほど……それなら、ご心配にはおよばん。相手は武士で、それも結構したたかな男でござる」

「ほう……というと、なかなかの遣《つか》い手ということですな」

「いかにも、念流の免許取りで……」

土橋省蔵は口重く、しばし口渋った。

「わが藩でも屈指の遣い手でござった」

「それはいい。それほどの男なら、こっちも頼まれ甲斐《がい》があるというものだ」

その男は目を細めてうなずいた。

「そやつのこと、子細《しさい》にうかがおう」

「きゃつめは刈谷惣助ともうす微禄の藩士でござったが、国元で藩の上役を斬って脱藩した男でござる」

「ほほう、よほどに腹の据わった男のようですな」

男は興をそそられたらしく、半身を乗りだした。

「しかし、脱藩者とあれば藩で腕のたつ者を討手《うって》に選び出し、すぐさま追っ手として差し向けて藩境を越える前に始末しようとはなさらなんだのか」

「………」

土橋省蔵は痛いところにふれられたとみえ、暫時《ざんじ》、押し黙った。

「むろん、すぐさま藩でも腕のたつ者を数名、馬で追わせましたが、あえなく追っ手はすべて斬り斃《たお》されもうした」

「ふうむ……そやつ、なかなか骨のある男のようですな」

その男はあたかも、土橋省蔵を揶揄《やゆ》するような笑みをうかべた。

「柔弱者《にゆうじやくもの》の侍がふえる一方の昨今、なんともたのもしい男だ」

「う、ううむ……」

土橋省蔵は、いきなり立ち小便をひっかけられたような渋い顔になった。

「とはもうせ。当藩としてはなんとしても生かしておくわけにはまいらぬ男でござる。いかがでござろう。こやつの始末、引きうけていただけませぬか」

「ふうむ……」

「もしや、このこと万が一、公儀の耳にはいればお咎《とが》めは必定。なんとしても内々に始末をつけねばなりませぬゆえ、かくは参上した次第にござる」

土橋省蔵は額に汗をうかべた。

「きゃつは裏街道を江戸に向かったということゆえ、なんとしても、一日も早く、片づけねばなりませぬ」

ひたと両手をついて懇願した。

「この通りでござる」

「…………」

その男は、冷ややかな眼差しで土橋省蔵を見据えた。

「ふうむ。ま、引きうけるのはかまわぬが、そやつの潜伏先はいずこかな」

「さよう、目下、藩邸の者が懸命に探索しておりますゆえ、ほどなく潜伏先も判明いたしましょう」

「…………」

「いかがでござろう」

「うむ……これは、なんとも厄介《やっかい》な」

男は、しばしホロ苦い眼差しで腕を組んだまま沈黙した。

土橋省蔵は急いで懐中から切《き》り餅《もち》二つをとりだし、男の前におしやった。

「とりあえず、手付けとして五十金持参いたしてござる」

「ともあれ、まずは、そやつの居所がわからぬことには、どうにもなりませんな」

つるりと顎《あご》を撫《な》でると、冷ややかにうそぶいた。

「い、いかにも……なれど、そやつは江戸に寄《よ》る辺《べ》とてござらぬ男ゆえ、深川か本所、もしくは浅草あたりに潜伏しておるにちがいござらぬ」

「それはどうかな。江戸ともうしても広うござるぞ」

「い、いや、江戸市中にくわしい屋敷の者を八方に走らせ、探索させておりますゆえ……」

「ふうむ……」

「あわせて、日頃より藩邸と懇意にいたしておる町方与力や同心もおりますゆえ、近いうちに突きとめられると存ずる」

「ははぁ、八丁堀ですか……」

その男は口をへの字にひんまげた。

「しかし、八丁堀がからむとなると、あとで面倒なことになりかねませんぞ」

「なんの、そのご心配は無用。そのための役中《やくちゅう》頼みでござるゆえ」

［役中頼み］とは、諸藩が日頃から町奉行所の与力や同心に対し、盆暮れにかかさず袖《そで》の下を贈っておいて、藩士が江戸市中で揉め事を起こしたとき、内々にすむよう計らってもらう仕組みのことである。

「ま、そのあたりのことは、そちらにおまかせするが……それがしも存じよりの者に探索させてみよう。名前は刈谷惣助。念流を遣う男ということですな」

その男は差し出された袱紗《ふくさ》包みの五十両を無造作に引き寄せた。

「この金は、そのための費《つい》えとしてお預かりいたそう」

涼しい顔で手におさめた。

「そやつの始末金は行方が判明してからのこと……よろしいかな」

「い、いかにも……万事、おまかせいたす」

土橋省蔵は呻《うめ》くような声を絞り出し、頭をさげると座を立った。

男は立って見送ろうともせず、座ったままで会釈《えしやく》ひとつもしなかった。

どうやら婆さんが帰ってきたらしく、玄関口で愛想よく送り出す声がした。

男は金包みを懐中にねじこむと、ようやく腰をあげた。

「旦那さん……どうだったかね。うめぇこと話がついただか」

婆さんが貧乏徳利をかかえて入ってきた。

「どうだかわからんな。とにかく、ちょいと出かけてくるぞ」

「アン……？」

「おなごだよ。おなご……」

「ふふ、ふ……まんずまんず、旦那さんもおなご好きだのう」

「あたりまえだ。世の中、そのほかに何がある。ン？」

男は口をひんまげて吐き捨てた。

「宮仕えの侍なんぞは裃《かみしも》つけて生涯あくせくと窮屈な城勤めで一生をおわる。商人は銭儲けに血眼《ちまなこ》になっておるが、なに、小判なんぞいくらしこたま溜めたところで、あの世にはもってはいけぬぞ」

「へ、へぇ、そりゃまぁね。……けんどよう、旦那さん。銭がなくっちゃ一日も生きていけませんよ」

「ふふふ、なんの、おなごという生き物はしぶといからな。いくら皺《しわ》くちゃばばあになっても、七十や八十は楽に生きていけるさ」

「そうかねぇ……」

「男などというものはな、飯を食らい、酒を飲んで、おなごを抱けるうちが花よ」

「けんど、旦那さん。爺さんになったらおなごも抱けなくなるだによう」

「ふふ、おれがような男は爺《じじい》になるまで生きちゃおらぬわ」

「そいじゃ、おらが困るだによう」

「なぁに婆さんは心配せずとも、またぞろ、どこかで飯炊きして食っていくだろうさ」

男は懐中から小判を一枚つまみだし、婆さんの帯につっこんでやった。

「いいか、しっかりどこぞにしまいこんでおけよ。世の中、金さえあればなんとかなるからな」

婆さんの薄皮煎餅《うすかわせんべい》のように薄くてしなびた背中をポンとたたくと、雪駄をつっかけて出ていった。

三

その男は、離れの座敷で膳の前にあぐらをかいて手酌《てじやく》で酒を飲んでいた。

背後の床の間にはもっともらしく山水の水墨画《すいぼくが》がかけられ、水盤《すいばん》に涼しげな根ばりの矢竹《やだけ》が活けられている。

そして床の間の刀架けには、男のものらしい黒鞘《くろざや》の大小が置かれていた。

奥の間からは枕行灯《まくらあんどん》の淡い火影《ほかげ》が艶《なま》めかしくゆらいでくる。襖《ふすま》の向こうの座敷にはすでに、艶《あで》やかな絹夜具の床がのべられていて、箱枕がふたつ行儀よく並んで客を待っていた。

ここは深川の永代寺門前町にある「水月《すいげつ》」という出合い茶屋の離れ部屋で、男と女の忍び会いに使われるところである。

この界隈《かいわい》は赤い襷《たすき》をかけて永代寺参りの男客の袖を引く女中を抱えた茶店をはじめ、居酒屋や水茶屋などがひしめきあう、江戸でも屈指の狭斜《きょうしゃ》の街である。

ときおり掘り割りを行き交う小舟の櫓《ろ》の音が聞こえてくる。

廊下をしめやかに踏む足音がして、深川芸者の君勇《きみゆう》が座敷着の裾《すそ》をからげながら襖をあけてはいってきた。

「ごめんなさいね。遅くなっちゃって……」

「なに、待たされるのは毎度のことだ」

その男は盃を手にして苦笑した。

「待つ身よりも待たす身のつらさという。なにせ、おまえは売れっ妓《こ》だからな」

「いやねぇ、それ嫌み……」

君勇は裾をさばいて男のかたわらに寄り添うと、腰をくの字に捻《ひね》って座った。

「バカをいえ。芸者は売れるうちが花だ。いまのうちにうんと稼いで、いい旦那をみつけたらサッサと足を洗って料理屋の一軒ももたせてもらうことだ」

そういうと懐《ふところ》から二十五両の切り餅をつかみだして、君勇の膝にポンと投げだした。

「ま……こんな大金、どうなさったの」

「いいから、さっさとしまっておけ。深川きっての売れっ妓を独り占めにする金だと思えば安いものだ」

「いやだわ、売れっ妓だなんて……もう、あたしなんか大年増《おおどしま》ですもの。若い妓をお客さまにとりもつのが仕事ですよ」

「ふふふ、その大年増に通いつめているおれは大馬鹿野郎だな」

「ま、その大馬鹿野郎に惚《ほ》れちまったあたしはいったいなんなんですかねぇ……」

斜《はす》に睨《にら》んでぐいと太腿を抓《つね》った。

「ふふふ、きまっておる。おれをしたかろうと思ういい女よ」

男はぐいと腕をのばして君勇の肩をひきよせると、襟《えり》ぐりから胸に手をさしいれた。

「もう、いきなり、そんな……今夜は御座敷はぜんぶ断ってきたんだもの。もう、どこへもいきゃしませんよ」

「いきそうになるとあれ死にます、か」

「もう……いやな」

君勇はぴしゃりと手で男の胸をたたいて、くすっと忍び笑いすると、男の口を吸いつけながら膝をくずした。

男は君勇を横抱きにかかえこみ、掌《てのひら》で乳房をつかみだした。

「おれはな……こうやって、おなごの乳をいじっていると、なんともいえず、こころがやわらぐのよ」

「もう、ややこじゃあるまいし、おまえさまは、お乳をおもちゃにするのが好きなんだから……あ、そんな」

「おまえの乳はおおきすぎもちいさすぎもせず、掌にひたひたと吸いついてくる……つかめば手鞠《てまり》のようにようはずむ」

男は容赦なく襟をおおきくはだけると、顔を伏せて乳首をぐいと吸いつけた。

「あ、そうされると……あたし……もう」

君勇は白い喉をそらせ、瞼《まぶた》を閉じると男の胸に頬《は》をすりよせた。

赤い蹴《け》出《だ》しから割ってでた白い足を畳のうえに這わせて、君勇は身悶《みもだ》えした。

「ふふ、もうもうといいつつ、あとはなんとやら、か……」

男はそのまま君勇をぐいと仰向けにさせると、口を吸いつけながら座敷着の裾をかきわけて内腿を掌でやわやわと愛撫した。

「お、おまえさま……」

君勇は切なげに喘《あえ》ぎつつ、仰向けになったままで、せわしなく片手をうしろにまわして器用に帯をといていった。

そのあいだに男は双の乳房のふくらみに顔を埋めこむと、掌で乳房を揉みしだきつつ、早くも粒だってきた乳首を吸いつけた。

「ねぇ、ちょっと待ってくださいな……」

白い喉をそらせた君勇はぐったりとなって目を閉じると、白足袋《しろたび》の足を切なげにふるわせた。

君勇は眉目《びもく》も唇もきりっとした勝ち気な顔立ちだが、唇はぽってりと厚みがある。

君勇はどことなく、由紀の面差《おもざ》しに似通ったところがある。

傘をさして田原町の角に消えていった由紀は、地味な単衣物《ひとえもの》に素足に下駄《げた》履きという質素な身なりだった。

長屋がいっしょだったころ、由紀はいつも明るく、きびきびと洗濯をしたり、買い物にいったりしていた。

男と顔をあわせても、にこやかに笑顔で丁寧に挨拶をしてくれた。

育ちのいい娘だったという印象がある。

父親は浪人者で、材木町《ざいもくちょう》の船宿ではたらいていると聞いた記憶がある。

由紀が湯屋に嫁にいくと聞いたときは気落ちしたものの、そのころの男は由紀を妻にしたいというような気持ちは微塵《みじん》もなかった。

おのれがどうやって生きていくかで、頭がいっぱいだった。

所詮《しょせん》は遠い昔のことである。

質素な着物に下駄をつっかけて番傘をさし、雨のなかを小走りに立ち去っていった由紀の後ろ姿は昔より大人びてみえた。

近くの飲み屋の女に聞いたところによると、これまで由紀は、まだ一人も子を産んだことがないらしい。

湯屋の女将になって一年あまりで後家になったが、いまは神谷平蔵とかいう町医者といい仲だという。

——湯屋の女将と、町医者か……。

どっちも世のため、人のためになる商売である。

世の中、うまくできているものだ。

質素な着物につつまれた由紀の後ろ姿は、娘のころよりずんと肉づきもよくなっていた。

四

その男は君勇の唇を吸いつけつつ、腕をのばしてほっそりとくびれた脇腹をなぞると、腰に手をかけてうつぶせにし、肌着までむしりとってしまった。

白い裸身をおしげもなくさらした君勇を両手にかかえあげた男は、そのまま奥の間に運んでいった。

行灯の淡い灯りが、絹夜具のうえに仰臥《ぎょうが》した君勇の裸身を照らしだした。

羞じらうようにひねった腰の下からぐいとせりだした臀《しり》は、むちりとふくらんでいる。

いつか男は君勇の裸身に、まだ見たこともない由紀の裸身を重ね合わせていた。

君勇の乳房をつかみしめながら、男は肉づきがよくみえた由紀の裸身を、ひそかに頭のなかで想像していた。

君勇は由紀とおなじく細面《ほそおもて》だが、乳房には張りがあり、臀も手鞠のように弾力がある。

「おれはな。おまえの、この乳や、この臀に惚れたようなものよ」

「ま、いやな。乳とお臀だけだなんて……」

「ふふ、まぁ、そうすねるな。いくら顔が綺麗でも、洗濯板のような胸をしているおなごや、臀の肉づきが薄いおなごは飽きがくるものよ」

男は君勇の臀を愛《いと》おしげに愛撫しつつ、

「男というのはな。初手は顔で惚れるが、一度わりない仲になってしまえば顔は飽きがくるものだ。躰と躰をつなぎあわせてしまえば顔などどうでもよくなるものよ」

「ま……」

男はぐいと腕をのばし、君勇の臀をつかみしめた。

そのあいだに、もういっぽうの手で君勇の乳房をやわやわと揉みしだき、乳首を吸いつづける。

「ああ、もう……そのような……」

君勇は身をよじって喜悦の声をあげ、男にしがみついていった。

男は着衣をかなぐり捨て、褌《ふんどし》ひとつになると、君勇のかたわらに寄り添い、背後から君勇の裸身を抱き締め、むちりとした乳房を、しなやかな腰からせりだす臀のふくらみを飽きることなく愛撫しつづけた。

「わしが母はな、毎夜、毎夜、わしが寝つくまで抱いてくれていた。わしは母の乳房に埋まって眠っていたものよ」

男は、君勇を正面に向かせると、顔を乳房の谷間に埋めこんだ。

「うむ、甘い……母の肌身とおなじ匂いだ」

「ま……」

「母も甘い乳の匂いがしたわ」

君勇の乳首を口にふくみ、男は片手で乳房を愛撫しつつ、もういっぽうの手で君勇の滑らかな腹をなぞった。

「寒い冬の夜はな、母は寝間着の襟をはだけて、おれを肌身でぬくめてくれた。おれは足を母の太腿のあいだにさしこんで眠ったものよ……」

男は君勇の股間に手をのばすと、柔らかな陰毛にふれた。

「ふふふ、おなごのここから、おれが生まれたということも知らずに……ただ、ただ温《ぬく》うて……温うてな」

男は遠い眼差しになり、左手で君勇の乳房をつかみしめつつ、右の手指を狭間《はざま》にふかぶかと沈めていった。

「お、おまえさま……」

君勇は懸命に男にしがみつき、白い足をくの字に折り曲げると、喉を思うさまそらせて喜悦の声をあげた。

君勇は深川の羽織芸者である。

芸は売っても肌身は売らないという気《き》っ風《ぷ》が深川芸者の看板だが、その男は君勇の命の恩人でもあり、一度、肌身を許してしまうと、なぜか忘れられなくなる男だった。

深川芸者は辰巳《たつみ》芸者ともよばれ、客の座敷にも羽織を着たままで三味線《しやみせん》を弾き、舞いを披露《ひろう》して座もちをする。

酒に酔った客がちょっかいをだそうとして抱きついたりしようものなら、羽織の裾をくるっとまくり、啖呵《たんか》を切って二度とその客の座敷には出ないという勇み肌が人気になっている。

——一年半前。

深川の料理屋に呼ばれて座敷に出たところ、武家の客が君勇を枕芸者あつかいして、二人がかりで手込めにしようとした。そのとき悲鳴を聞いて、その男が助けてくれたのがきっかけだった。

以来、君勇はこの男と離れられない深間にはまっている。

男の背後には本所の播磨屋仁左衛門という香具師《やし》の大物がついているらしく、茶屋では上客としてあつかっているが、だれも男の名前は知らないらしい。君勇が名前を聞くと、おれは名無しのごんべえだと笑ってごまかす。なんとも得体の知れない男だった。

噂では播磨屋が大事にしている刺客だというものもいるが、金離れはいいし、粗暴な振る舞いをするのを見た者はだれもいない。

本所から深川にかけては播磨屋に盾突《たてつ》く者はいなかった。その男は床あしらいも君勇のほうが音《ね》をあげるほど巧みで、精もおそろしくたくましい。

いまや、君勇のほうが首ったけになっている。

五

笹岡藩の中屋敷は赤坂《あかさか》にある。

赤坂御門に近く、諸藩の上屋敷、中屋敷、下屋敷がひしめきあっている屋敷町でもあった。

笹岡藩中屋敷は松平美濃守《まつだいらみののかみ》の広大な中屋敷に近く、赤坂溜池《ためいけ》の畔《ほとり》にある。

この時期、溜池に群がる水鳥たちは巣ばなれした幼鳥を守りつつ、水中に潜っては小魚をついばんでいる。

土橋省蔵は昼過ぎに不機嫌な表情でもどってくると、藩邸の留守居役《るすいやく》である上村監物《うえむらけんもつ》のもとに向かった。

上村監物の妻は城代家老の姪《めい》にあたるうえに監物自身も藩主からの信頼が厚く、藩の外交手腕にも長《た》けている。

「おう、どうであった。その男……」

「は、あやつは剣の腕はなかなかの遣い手とみましたが、相当にしたたかな男で、駆け引きにも長けておりまする」

「ふうむ。つまり、金がかかる男ということじゃな」

「いえ、それだけならまだしも、のちのち何かと尾をひくことになりそうな厄介な男と見受けました」

「ふうむ。さもあろう……なにせ、人斬りを稼業にして世を渡っているような浪人者じゃ。おそらく人の弱みにつけこんで、とことん生き血を吸うダニのような男であろうよ」

「仰《おお》せのとおり……そもそも仲立ちした播磨屋は表向きは口入れ屋ですが、そのじつは香具師の元締めでござる」

「うむ。その香具師とはなんじゃ」

「表向きは縁日や祭礼のときなどに芝居などの見世物や、物売りの小商人《こあきんど》などが露店をだすのを采配する顔役ですが、裏では賭場をひらいて胴元にもなります」

「ほう……胡散臭《うさんくさ》い輩《やから》じゃな」

「いかにも。播磨屋は堺《さかい》の生まれだそうで、若いころは女衒《ぜげん》のようなことをやっていたと聞きました」

「ぜげん……」

「女を商う男のことでございます」

「ほう。おなごを売り買いして稼いでおる男のことか……」

「いかにも、いわば闇の商人とでももうしましょうか。なかには力ずくで女を拐《かどわ》かしては廓《くるわ》に売りとばす者もいる、非道の輩にござる」

「ちっちっ！　まさに犬畜生にも劣る外道《げどう》じゃの。言語道断じゃ」

上村監物は刺客を雇ってでも刈谷惣助を始末しようしていることの非道が、さも正しいことでもあるような口ぶりで吐き捨てた。

「ははっ、いうなれば人外の者ゆえ、きゃつらのいいなりになっておりますれば、やがては八丁堀の不浄役人どもよりも始末の悪い存在となりましょう」

町奉行配下の与力や同心が耳にしたら、目を三角にしていきりたつようなことを平然と口にした。

「ふうむ……それも、また厄介じゃが、かというて脱藩者の刈谷惣助めを、このまま捨ておくわけにもいかぬぞ」

「いかがでございましょう。いっそのこと江戸藩邸にいる腕のたつ者を選《え》りすぐって刈谷惣助を討ち取らせてみては……」

「ううむ。できうるならば、それがなによりじゃが……」

「藩邸のなかには江戸でも聞こえた剣術道場に熱心に通い、腕をあげておる藩士もおりますゆえ」

「そうよのう。そのあたりのことは徒目付《かちめつけ》頭の須藤《すどう》がくわしいはずじゃ、須藤と相談して腕利きの者をえらびだすがよかろう」

監物は茶をすすりながら、茶菓子でもえらぶような気軽な口ぶりでうなずいた。

「須藤も小野派一刀流の免許取りゆえ、家中の腕達者を熟知しておるはずじゃ」

「かしこまりました。万事ぬかりなきよう手配いたしまする」

「よかろう。できれば播磨屋に借りはつくりとうない」

「はい。仰せのとおり、播磨屋仁左衛門に借りをつくれば、このさきざき何かと面倒になりかねませぬゆえ」

「うむ。播磨屋というのは煮ても焼いても食えぬ厄介な輩じゃと聞いておるゆえな。家中の者だけで内々に始末できれば、それに越したことはない」

「たしかに播磨屋が飼《こ》うておるという浪人者は、面構《つらがま》えを見ただけで一癖も二癖もある男と見受けました」

土橋省蔵は膝をおしすすめた。

「その者に五十金くれてやったのは無駄金になるやも知れませぬが、先々、禍根《かこん》を残さぬためにも、家中の腕利きで刈谷惣助を始末するのが上策かと存じます」

「よかろう。この件は、万事そちにまかせるが、まちごうても藩の名は出さぬようにいたせ」

「承知いたしました。できれば家中の者だけで始末できれば何よりですが、念のため、長年のあいだ藩邸の者が稽古に通うている道場主にも頼むつもりでおります」

「おお、本間《ほんま》市之助《いちのすけ》か。あの者は江戸でも聞こえた剣客と耳にはいっておる。あの男なら刈谷惣助によもや後《おく》れはとるまい」

「はい。盆暮れにも過分の心付けをいたしておるということゆえ、かならず引きうけてくれましょう」

「当然だ……」

　監物は脇息《きょうそく》に身をゆだねて茶をすすると、目尻に皮肉な皺《しわ》を刻んだ。

「本間市之助には道場を改築するときも藩から大枚の金を出してやっておるうえ、門弟の多くは藩邸の者だ。こういうときもあろうかと考えての出費じゃよ」

「ほう、それは存じませなんだ」

「土橋もいずれは藩政にかかわる役付きになるであろうゆえ、しかと覚えておくことだ。無駄と思える出費も、いつかは役にたつこともあるものじゃ」

「は、肝《きも》に銘《めい》じておきまする」

「うむ。国元の重職は江戸藩邸の出費がかかりすぎるのなんのと、日頃から苦情をもうしておるようじゃが、いずこの藩でも江戸藩邸の費えを惜しまぬのはそのためでの」

監物はあたかも苦虫でも嚙《か》みつぶしたような渋面《じゅうめん》になった。

「上様はもとより、公儀の老中方をはじめ若年寄、町奉行や御寺社にまで常日頃から付け届けを怠《おこた》ってはならぬのはそのためじゃ」

「なるほど、江戸屋敷の費えがおおきすぎると陰口をきく者も国元の勘定方にはおりますが、そういう費えのご苦労は存じませなんだ」

「赤穂藩《あこうはん》が改易《かいえき》にいたったのも、江戸藩邸の者に心くばりが足りなんだためじゃ」

「…………」

話があらぬほうに飛び火して、土橋省蔵は沈黙するしかなかった。

「袖の下を使うことを、あたかも悪事のように申す者もおるが、いまの世の中は武辺《ぶへん》だけでは何事もすすまぬ。そのあたりのことが国元ではわからぬとみえる」

監物は吐き捨てるように言った。

「思うてもみよ。これが藩内なら弓矢を使《つこ》うても始末するところじゃが、江戸市中ではそうもいくまい」

「ははっ！　いかにも……」

監物はようやく気がすんだとみえ、脇息から身を起こした。

「ま、なにはともあれ、このこと、万が一にも公儀の耳にはいらば藩の存亡にもかかわることゆえ、ぬかるでないぞ」

「かしこまりました」

監物は後ろの手文庫から切り餅二つをとりだし、土橋省蔵の前に置いた。

「いまは、そちのみが頼りじゃ。見事、江戸藩邸の者と本間市之助だけで、きゃつを討ち取ることができればいうことはない。殿に言上し、そちにも存分に加増を約束しよう」

「ははっ……恐れ入ります」

第七章　狙われた虚無僧《こむそう》

一

　神谷平蔵は竹井筍庵から江戸市中ではなかなか手に入らない薬草と、筍庵がしたためた［薬草大鑑《たいかん》］を餞別《せんべつ》に頂いて背負い袋にしまいこむと、二ヶ月ぶりに下目黒村を後にした。

　初夏の陽ざしが照りつけるなか、増上寺《ぞうじょうじ》前の茶店で休んでひと息いれた。

　五つ半（午後九時）ごろに、ようやく柳橋《やなぎばし》を渡って浅草にはいった。

　鳥越橋《とりごえばし》を渡り、御蔵前《おくらまえ》の大通りを元旅籠町《もとはたごちょう》から左折した。

　この時刻、すでに寝静まって家々の灯《ひ》の色も消えている暗い夜道を抜けて東本《ひがしほん》願寺《がんじ》のほうに向かった。

　左側には御蔵役人の組屋敷や大身旗本の屋敷がずらりと門戸を構えているが、

右側には福富町《ふくとみちょう》の民家が寝静まっている。

福富町に平蔵がときおり飲みに行く［しんざ］という居酒屋がある。

まだ店をあけているらしく赤提灯《あかちょうちん》の灯りがポツンと見えた。

［しんざ］の店主は小柳進三郎《こやなぎしんざぶろう》といって、かつては御家人の三男だったという。

若いころ、道楽が過ぎて屋敷から勘当され西に下り、大坂の居酒屋の娘を女房にして江戸にもどってきたらしい。

居酒屋と町医者という違いだけで、そのあたりの境遇は平蔵と似ているところがある。

今ではすっかり町人になりきっていて、客からは「しんさん、しんさん」と呼ばれ親しまれて常連客も結構いる。

ここは豆腐田楽《とうふでんがく》が名物である。

田楽は大坂では［おでん］と呼ばれている庶民の食い物だが、［しんざ］の田楽は豆腐を串焼きにしておいて味噌《みそ》だれをつける。

その味噌だれには煎《い》り胡麻《ごま》と葉山椒《はざんしょう》をすりいれてあって、焼き加減のほどよい豆腐田楽は山椒の匂いが香ばしい。この豆腐田楽をはじめ酒の肴《さかな》は、すべて進三郎の妻の波江《なみえ》が奥の台所で造っている。

波江は浪人者の娘だったが、口数のすくない女で、酒客の相手よりも台所仕事のほうが向いているそうな。

串焼きの豆腐田楽を肴に冷や酒を飲んでいると、遠くから尺八の嫋々《じようじよう》たる音色がゆっくり近づいてきた。

どうやら門付《かどづ》けの虚無僧《こむそう》が吹いているらしいが、なんとも、こころに響くもの悲しい音色である。

「なぁ、しんざ。夜の尺八というのもいいもんだな」

「ええ、尺八ってのは、こうなんともいえねぇしんみりした音色ですね」

進三郎も道楽者だっただけに、尺八の音色のよさがわかるらしい。

虚無僧は僧衣をつけた侍といわれるように、刀を腰に帯びて諸国を行脚《あんぎや》する者がほとんどだった。

喜捨箱《きしやばこ》を胸に吊るし、尺八を吹いて行脚し、人びとの報謝の小銭を受けるが、有髪《うはつ》の僧衣をつけた武士としてあつかわれた。

表から聞こえてくる尺八の音色は澄み切っていて、こころにしんしんと染み渡ってくる。

「おい、しんざ……あの虚無僧に、この喜捨銭をやってくれ」

平蔵はふところから一分銀をつまみだして手渡した。

「え……こ、こんなにいいんですか」

進三郎は目をひんむいた。

「なに、あの尺八の音色は下手《へた》な深川芸者の三味線《しやみせん》よりずんといい。一分じゃ安いくらいのものだ」

「は、はい……」

進三郎が一分銀を手に表に出ていった。

ちょうど虚無僧が店の表に通りかかったところだった。

「これはかたじけのうござる……」

虚無僧が無骨な侍口調で礼をのべたかと思うと、戸口にかけた縄暖簾《なわのれん》の向こうからふかぶかと頭をさげた。

「御僧。よかったら一献《いっこん》さしあげたいが、いかがかな……」

「は……」

虚無僧はちょっとためらったが、

「では、お言葉に甘えて……」

素直に尺八を腰帯に手挟《たばさ》むと、天蓋《てんがい》をはずして入ってきたが、平蔵を一瞥《いちべつ》するなり絶句した。

「こ、これは神谷どの……」

「うむ……」

平蔵、思わず目を瞠《みは》った。

「なんと、刈谷どのではないか」

門付けの虚無僧は、過日、下目黒村で知り合った刈谷惣助だったのである。

二

「なるほど、それで討手《うつて》の目をくらますために虚無僧に化けられたのですな」

「はい……」

惣助はよほど腹が空いていたらしく、腰の刀を小脇において樽椅子《たるいす》に腰をおろすと、平蔵がすすめるままにアツアツの串田楽をむさぼりながらうなずいた。

「むろんのこと、たやすく討ち取られるつもりはありませぬが、かつてはおなじ藩に仕えた仲間と刃《やいば》を交えたくはありませぬゆえ」

「うむ、うむ……」

「とはいえ、あの百姓家にそれがしがとどまっていては、家の者に災難がふりかからぬともかぎりませぬ」

惣助は串田楽をほおばりつつ、ホロ苦い目になった。

「なるほど、しかし、おきぬどののほうは、貴公にあのまま下目黒村に居着いて欲しいと思っていたように見えましたぞ」

「は……」

惣助は虚をつかれたように口ごもった。

「まさかに笹岡藩も刈谷どのが下目黒村にいるなどとは思っておらぬでしょう」

「え、ええ。まぁ……」

「それに、おきぬは年増《としま》とはいえ、まだ三十路《みそじ》そこそこの女盛りでもあり、面倒見のよいおなごゆえ、刈谷どのとも、うまく折り合って過ごしておられるのではないかと……」

「い、いえ、仰《おお》せのとおり、おきぬにも引き留められましたが……」

何気なくおきぬと呼び捨てにしたところをみると、やはり二人は情をかわしあったものだろう。

「それがしのことで、おきぬたちを災難にあわせてはすまぬゆえ、やはり長居は無用と思いましてな」

「なるほど、いやいや、これはよけいなお節介というものでしたな」

惣助はまぶしそうな目になると、笹岡藩で町方同心をしている親友と、おきぬの家で出会ったことを告げた。

国元では城代家老が江戸屋敷にまで使者を走らせ、なにがなんでも惣助を見つけだして討ち果たせという厳命をくだしたのだという。

そして、下目黒村もあながち安泰の場ではないと知らされ、やむなく江戸に出てきたのだと語った。

「とはもうせ、江戸には笹岡藩の江戸屋敷もあり、こちらも安住の地とは申せませぬが、かというて他国の領内をうろつくことはできませぬゆえ……」

「ははぁ、それで虚無僧に……」

「はい。どうせ、江戸に出るなら神谷どのにお目にかかりたいと思い、あのとき懐紙《かいし》にしたためていただいた絵図を頼りにお訪ねしようと思いましてな」

懐中から、平蔵が自宅への道筋を書き記した紙片をとりだした。

「おお、そういうことでしたか……」

「天蓋をかぶっていれば顔も隠せますし、それに、それがしは子供のころから尺八をたしなんでおりましたゆえ……」

権助爺さんにも相談したところ、近くに普化寺《ふけでら》の末寺があるというので、住職に頼みこんで髷《まげ》を切ってもらい、天蓋や袈裟《けさ》、喜捨箱などを授かって虚無僧になったのだという。

「なるほど……それは、ようも思い切ったことをなされたものだ」

普化宗は禅宗《ぜんしゅう》の一派で、下総国小金《しもうさのくにこがね》にある金龍山梅林院一月寺《きんりゅうさんばいりんいんいちげつじ》を総本山とする。

普化僧は天蓋とよばれる深編笠をかぶり、尺八を法器《ほうき》とし、禅の修行や托鉢《たくはつ》のため、刀を帯び、諸国を行脚することを幕府から許されている特異な僧侶である。

かつて楠木正成《くすのきまさしげ》の後胤《こういん》、楠木正勝《まさかつ》が普化宗に帰依《きえ》し、虚無《きよむ》と号した。

そのことから普化僧が、いつしか虚無僧《こむそう》と呼ばれるようになったと伝えられている。

または、普化僧は薦《こも》（藁莫蓙《わらござ》）のうえに座して、尺八を吹いては喜捨（投げ銭）をもとめる者が多かったため、薦僧《こもそう》の名がついたともいわれている。

室町《むろまち》時代から普化の僧侶は諸国通行の自由を幕府から許されていたため、ひそかに幕府や藩から密命を受けて隠密の役を務める者もいたらしい。

また、天蓋で面体《めんてい》を隠し、帯刀も許されていることから、親の仇討《あだう》ちのために虚無僧になる者も少なくなかった。

普化の尺八は長さ一尺八寸（五十四センチ）のものが多く、それより短いものは短管、長いものは長管とよばれている。

刈谷惣助が父からゆずられたのは手作りの長管で、二尺余もあり、いざともなれば小刀がわりの武器にもなる。

惣助は子供のころから父に尺八を習うと同時に、経文も学んでいた。

それらのことも幸いし、下目黒村の普化寺の住職から普化僧になることを許されたということだった。

「この姿で喜捨を受ければ食いつなげますし、宿にも困りませぬゆえ……」

「なるほど、芸は身を助けるとはこのことですな」

平蔵はふかぶかとうなずいた。

「それにしても刈谷どのの尺八は、こころに染みいるものでしたぞ」

「なんの、それがしは父に教わった松籟《しょうらい》という曲しか吹けぬ未熟者にござる」

「ほう、松籟とは松林を吹き渡る風の音ですな。なんとも風雅な曲名だ……」

音曲にはとんと縁のない平蔵は、見栄えのしない無骨な刈谷惣助が尺八などという風流な楽器をものにしていることに感嘆した。

尺八は一尺八寸の太い竹筒に横笛とおなじように曲を奏《かな》でる穴をあけただけの簡素な縦笛で、素人《しろうと》が吹いても音曲にはならない難しい楽器である。

三味線や琴《こと》は子供でも指で弾けば音ぐらいは出るが、尺八は並の者が吹いたところでなかなか音は出ない。

管楽器というのは素人には簡単に吹きこなせない難しいものである。

惣助は口下手な田舎侍だが、おそらく父親ゆずりの素質があるのだろう。

一曲所望しようかと思ったとき、店の外にしゃがんで煙管《キセル》の莨《タバコ》をふかしていた［しんざ］の主人の進三郎が腰をあげて平蔵に声をかけた。

「神谷さま、ちょいとキナ臭いのが集まってきたようですよ」

「ほう……」

平蔵が腰をあげて暖簾の外をのぞいてみると、七、八人の侍が袴《はかま》の股立《ももだ》ちをたくしあげ、ようすをうかがっているのが闇のなかに見えた。

全員が覆面《ふくめん》で顔を包んでいるが、黒い紋つき羽織をつけている。

「ははぁ、どうやら、刈谷どのをつけてきた笹岡藩の討手のようだな」

「やはり見つかりましたか」

刈谷惣助はすこしも驚くようすもなく、すぐに箸《はし》を置くと、尺八を腰に差し、素早く刀を摑みとって腰をあげた。

平蔵が暖簾をかきわけて外に出て歩きだしたとき、堀田原《ほったわら》の馬場《ばば》のほうから一団の侍がやってくるのが見えた。

「しんざ、店にはいっていてくれ」

「ふふふ、神谷さま。おもしろいことになりそうですね」

「ばかをいえ。見世物じゃないぞ。側杖《そばづえ》を食わぬようすっこんでいろよ」

平蔵は苦笑いしつつ、惣助とともに肩を並べて深夜の路上に出た。

三

［しんざ］を出て間もなく、暗夜のなかから気負いこんだ声が飛びかうのが聞こえた。

「おおっ、いたぞ！　あの虚無僧が刈谷惣助だっ！」

「うむ、まちがいない。あやつだ！」

気負いこんだ声とともに、馬場のほうから覆面で面体を隠した一団の侍が砂利を蹴散らして駆け寄ってきた。

「まんまと虚無僧に化けたものだが、柳橋のたもとで天蓋をはずしてあたりをうかがっているところを見た者がいたのよ」

「天網恢々疎《てんもうかいかいそ》にして漏《も》らさずとは、まさにこのことじゃ。観念しろ！」

一団は勝ち誇ったように罵声《ばせい》を発して、二人の前後をとりかこんだ。

「よいか！　総がかりで、きゃつを押し包んで討ち取れ！」

殺気だった一団の侍たちが目を吊り上げ、刃《やいば》を抜き放って殺到してきた。

多勢を頼んでの威嚇《いかく》らしく、いずれも声がうわずっている。

「神谷どの。こやつらの狙いはそれがしでござる！　構えて、お手出し無用！」

刈谷惣助は刀を抜き放つと、落ち着いた声で平蔵に声をかけておいて身構えた。

「そうはいかぬ。刈谷どのはそれがしの客人ですぞ」

平蔵は腰にしていたソボロ助広《すけひろ》を抜き放つと一団に目を走らせた。

「客人の危難をみすみす見過ごすわけにはいかぬ」

空には黒雲がひろがり、いまにも降りだしそうな湿った風が吹きつけてくる。

腹をゆさぶるような雷鳴が轟《とどろ》きわたり、閃光《せんこう》とともに稲妻《いなずま》がたたきつけるように走った。

平蔵は助広を右八双《みぎはっそう》に構え、覆面の一団を見迎えて叱咤《しった》した。

「きさまらっ！　公儀御膝元にもかかわらず、深夜に徒党を組んでの狼藉《ろうぜき》とは許し難い。押し込み強盗でも働くつもりかっ！」

「な、なにぃ！　どけっ！　素浪人！」

「きさま、何者だっ！　下手に手出しすると痛い目にあうぞ！」

覆面の一団は口々に罵声を浴びせて殺到してきた。

この通りは道幅もさほど広くはないため、真剣をふるうときは味方を傷つけないように気配りする必要がある。

「刈谷どの。あとあとのこともあるゆえ、できるだけ屍体はださぬようになされ」

「承知つかまつった」

刈谷惣助は落ち着いた声で、平蔵の左側に身を寄せた。

深夜の乱闘では味方と間合いをとることが肝要だからである。

平蔵は素早く右側に身を移し、馬場脇の水堀を背にして迎え撃った。

水堀の向こうには公儀の武器庫と米蔵が甍《いらか》を連ねているが、役人たちの姿はなかった。

蔵番の小役人はいるはずだが、かかわりあいを避けているのだろう。

またもや大気を引き裂いて稲妻が走り、雷鳴が響きわたった。

刈谷惣助は平蔵とすこし離れたところで、水堀を背にして刃を構えている。

水堀を背にすれば、相手は突っ込みすぎると水堀に飛びこみかねない。

一団の数はおよそ十数人だが、二手に分かれて分断しようとしていた。

しかし、一人にかかれる人数はせいぜいが二、三人である。

平蔵は青眼《せいがん》に構えたまま、身じろぎもせずに相手が仕掛けてくるのを待った。

しかも、向こうには早くケリをつけようという焦《あせ》りがある。

だが、平蔵のほうはあえて斬《き》らなければならないわけではない。

どうやら、刈谷惣助のほうもおなじ心境のようだった。

「相手はたった二人だぞ！　押し包め！」

一団の後方から叱咤の声が飛んだかと思うと、その声に後押しされたかのように一人の侍が強引に斬りつけてきた。

平蔵は身じろぎもせず、その刃を摺《す》りあげざま、刃を返して侍の手首を斬りあげた。

「ううっ！」

痛苦の声とともに血しぶきが噴出し、刀を落とした侍はたたらを踏んでつんのめるように水堀に落ちていった。

それに釣られたように、もう一人が左側から鋒《きっさき》を突き入れてきたが、平蔵は無造作に鋒を払い、返す刃で右の籠手《こて》を一撃した。

「うっ！」

侍はポロリと刀を落とし、右手をおさえてよろめいた。

惣助のほうには二人の侍が斬りつけていったが、惣助は一人の脇腹を、もう一人の侍は胴をしたたかに薙《な》ぎはらった。

侍は呻《うめ》き声をあげて横転した。

早くも四人の仲間を失って動揺したらしく、残りの者は腰が引けている。

だれもが引きつったように目を吊り上げ、鋒だけを前に突き出していた。

このとき平蔵は、一味の後方にひっそりと控えている一人の侍に注目した。

肩幅があり、胸板にも厚みのある四十年輩らしい侍だった。

その侍は覆面はつけず素顔のままだ。

背丈はさほどなく、撫《な》で肩だが、骨格は見事なもので、鍛えあげられた筋肉によろわれている。

見たところ笹岡藩士ではなく、助太刀を頼まれた剣客のようだった。

藩士がいずれも引け腰になったのを見てから刀を抜くと、ゆっくりした足取りで平蔵のほうに向かって歩みだした。

侍は手にした刀を青眼に構えると、慎重に足をじりじりと横に運びつつ、平蔵をひたと見つめた。

「それがしは本所で梶派《かじは》一刀流の剣道場をひらいておる本間市之助ともうす者……」

侍は落ち着いた声で名乗った。

どうやら笹岡藩江戸屋敷の藩士たちが通っている剣道場の師範のようだった。

「うけたまわった」

平蔵は青眼にかまえた手元を絞った。

対峙《たいじ》している相手が並の剣士ではないことはあきらかだった。

「それがしは神谷平蔵ともうし、いささか鐘捲流をたしなんだ者。刈谷惣助どのとは、すこしばかり友誼《ゆうぎ》がござる」

「貴公の剣名はよく存じておりもうす。佐治一竿斎門下の竜虎《りゅうこ》と手合わせできるとは剣士として望外の幸せ……」

その構えには微塵《みじん》の隙もない。

――梶派一刀流、か……。

梶派の流祖は小野派一刀流の創始者、小野次郎右衛門忠明《じろうえもんただあき》の門下で右に出る者はなかったといわれる梶新右衛門正直《かじしんえもんまさなお》である。

家光《いえみつ》、家綱《いえつな》、綱吉《つなよし》と三代の将軍に仕えた剣士でもある。

数々の流派の剣士と相まみえてきた平蔵も、これまで梶派一刀流の剣士とは刃を交えたことはなかった。

どのような剣を遣《つか》うかわからない。

容易に踏み込むわけにはいかなかった。

平蔵はじりっじりっと爪先を前にすすめ、間合いを詰めていった。

それを見て、本間市之助はするするとうしろにさがった。

無造作な退《ひ》き足のようだが鋒は微動だにしない。

——これは……。

対峙している相手は並の町道場の師範ではなかった。

無造作に鋒を直立させた構えだが、よほど腕に自信がなければできない。

——この男……。

町道場の師範というよりは常に修羅場《しゅらば》を踏んでいるような気がした。

いうなれば、人を斬るのに手馴《てな》れた刺客《しかく》のような臭いがする。

おそらく、これまでも何度か、笹岡藩のもとめに応じて暗殺をも引きうけてきたのかも知れない。

これまで後方にいて、平蔵の腕を慎重に見極めていたのだろう。

それだけに不気味な迫力を感じる。

平蔵は青眼に構えたまま、じりっ、じりっと間合いを詰めていった。

暗夜のなかに、本間市之助の鈍く光る剣が微動だにせず、まっすぐに夜空に鋒を立てたまま間合いを計っている。

間合いが二間にちぢまったとき、本間市之助はすっと剣を下段におろした。

鋒をすこしずつ右にかたむけて、左足の爪先をじわじわっと地を這《は》うように押しすすめてきた。

──来るな……。

下段から摺りあげるように跳ねあげてくるにちがいない。

相手の剣を摺りあげると同時に下段の剣が鞭《むち》のように撓《しな》い、襲いかかる。

平蔵の剣友である笹倉新八《ささくらしんぱち》が得意としている剣技だった。

しばし、無言のうちに対峙がつづいた。

おそらく、こっちが仕掛けてくるのを待っているのだろう。

下段からの攻撃がわかっていれば、あえてその誘いに乗ってやろうと思った。

平蔵は左足の爪先に力を溜め、同時に右足の爪先で地を蹴った。

そのとき平蔵は青眼の構えから右八双に変わり、下段に構えている本間市之助の剣に向かって叩きつけた。

とたんに本間市之助の剣が鞭のように撓い、下段から跳ねあげてきた。

二人の剣が嚙《か》みあい、闇のなかに火花を散らした。

本間市之助の鋒が、平蔵の剣を巻き込むようにして摺りあげてきた。

しかし、平蔵は逆に相手の剣を巻きかえしざま一歩鋭く踏み込むと、本間市之助の肩口を存分に斬りおろした。

したたかに骨を断ち斬った、たしかな手応えがあった。

「…………」

本間市之助は声もあげず、しばし佇立《ちょりつ》したまま身じろぎもしなかった。

血潮《ちしお》が黒々と噴出し、やがて本間市之助はがくりと膝を落とすと、しばらくのあいだ、ゆらゆらと躰をかしげていたが、そのまま崩れるように横転した。

音もなくあふれだした鮮血がじわじわと大地を染めていった。

しばし、凍《こお》りついたような沈黙が流れたが、もはや、だれ一人として踏み込んでくる者はいなかった。

「もはやこれまでだ！　役人がこぬうちに退きあげろっ！」

引きつったような声がしたかと思うと、覆面の侍たちはいっせいに刀を鞘《さや》におさめるやいなやや、あたかも潮が引くように闇のなかに溶け消えていった。

「神谷どの！」

刈谷惣助が、抜き身の刀を手にしたまま駆け寄ってきた。

平蔵は無言で懐紙をとりだすと、刃の血糊を丁寧に拭《ぬぐ》い取った。

ひさかたぶりに強敵と遭遇したという思いが、ひしひしと込み上げてきた。

――天下は広い……。

その思いとともに、なんの恨みもない同士が命のやりとりをしなければならない剣客の業《ごう》の深さが胴身に染みいった。

寸刻前まではたがいに顔も名前も知らなかったにもかかわらず、命のやりとりをする羽目になったのである。

――無惨な……。

刀を鞘にもどしながら、平蔵は身じろぎもせずに路上に屍《かばね》をさらしている本間市之助という剣士に言いようのない哀惜《あいせき》を感じた。

——この男に妻子はいるのだろうか……。

ふと、そんな思いが脳裏をよぎった。

「神谷さま……」

小柳進三郎が「しんざ」の店内から駆けだしてきた。

「進三郎……あとのことは頼むぞ」

「は、はい……」

「おまえは武士を捨ててよかったな」

ぼそりと平蔵はつぶやいた。

束の間、雲間から月の光がさし、身じろぎもしなくなった本間市之助の屍にふりそそいだ。

四

武家屋敷が左右に居並ぶ道を浅草寺《せんそうじ》のほうに向かって黙々と足を運びながら、平蔵は天蓋を小脇にかかえた虚無僧姿の刈谷惣助に声をかけた。

「これからどうなされる。今夜は拙宅にまいられるとしても、いずれは笹岡藩の者に嗅《か》ぎつけられましょうぞ」

「いや、神谷どのにこれ以上のご迷惑をおかけするわけにはまいりませぬ。このまま夜道をかけて一月寺に向かいまする。一月寺は普化宗の総本山にござる。まさかに、かの者たちも一月寺の山内までは踏み込んではまいりますまい」

「しかし、一月寺は江戸の朱引《しゅびき》きの外、総州《そうしゅう》ですぞ。夜道をかけるにはいささか遠すぎる。今夜はそれがしのところでゆるりと休まれたがよかろう」

「なんの、野宿には馴れておりまするゆえ」

「いや、一月寺におもむかれるとしても、総州までは川越えもあれば関所もある。夜が明けてからまいられたがよい」

「なんの、山越えして脱藩してきたときのことを思えば、どうということもござらぬ」

「さもあろうが、なにも無理して夜駆けせずとも、拙宅で一夜過ごされてからになされたがよい。早朝にそれがしが江戸市中を出られるところまで同道いたそう」

「は、ですが……このような夜更けに」

惣助、なにやらためらっている。

「遠慮は無用。ひとり暮らしゆえ、なんのおかまいもできぬが、布団も枕もあまっておるゆえ、ま、酒でも飲んでぐっすりとおやすみになるがよい」

「と、もうされると、ご妻女《さいじょ》は……」

「ははは、それがしは妻も子もござらん、気随《きずい》気儘《きまま》な一人身ですよ」

「ほう、それは……また」

どうやら、一人身と知って急に気が楽になったらしい。

田原町の角に由紀が女将《おかみ》をしている［おかめ湯］があるが、この時刻、すでに終い湯もおえて寝静まっていた。

［おかめ湯］の暖簾は紺色《こんいろ》の地厚の帆布《はんぷ》に［おかめ］の顔と［えびす］の顔が向かいあっている絵柄に白く［おかめゆ］とかな文字で染め抜かれている。

絵師はだれか知らないが、ずいぶん古いもので生地の紺色があせてきていて、それが老舗《しにせ》の証《あか》しになっているとのことだ。

朝一番に下足番の松造《まつぞう》がたくしあげてあった暖簾をおろし、終い湯になると紐《ひも》を引いて軒下に巻きあげる。

建物は何度も火事で焼けたそうだが、その都度、暖簾だけは松造や釜焚《かまた》きの六兵衛《ろくべえ》が抱えて逃げたのだという。

由紀が後家になっても、［おかめ湯］を守りつづける覚悟をきめたのは百年以上もつづいている暖簾をおろせないと思ったのだろう。

［おかめ湯］があいていたら終い湯に浸かって帰りたかったと思ったが、やむをえない。

［おかめ湯］の角をまがって惣助をともない、自宅のほうに向かった。

蛇骨長屋《じゃこつながや》の前に屋台の蕎麦屋《そばや》の提灯が侘《わ》びしい灯りを路上に投げかけていた。

屋台の蕎麦は熱い汁《つゆ》蕎麦だけで、夏でも笊《ざる》蕎麦はださない。

このあたりは吉原遊郭が近いせいか、夜中でも通りすがりの小腹の空いた客が蕎麦をたぐりに立ち寄る。

平蔵も自宅にもどったところで食うものはなし、腹の虫おさえに惣助を誘って、蕎麦をたぐっていくことにした。

さすがに、この季節でも、夜中になると冷え込んでくる。

屋台の暖簾をくぐって、アツアツの掛け蕎麦を頼んだ。

「おっ、せんせい、いつお帰りになったんで……」

立ちんぼで掛け蕎麦をたぐっていた男が声をかけてきた。

蛇骨長屋に住んでいる吾助《ごすけ》という自前大工だった。

「おお、吾助か……どこぞで白粉《おしろい》臭い女と遊んできたのがばれて、おうめと痴話《ちわ》喧嘩《げんか》になっておんだされたのか」

「よしてくだせぇよ。あっしはおうめ一人で手いっぱいでさ。今夜は建前があって酒をたらふくゴチになった帰りでさ」

ポンと腹巻きをたたいて、にやりとした。

「ご祝儀《しゅうぎ》がたんまりでやしたんでね。こいつさえ見せてやりゃ、おうめはご機嫌でやすからね」

ズズズッと蕎麦をたぐりながら、

「せんせいこそ、長いあいだ留守にしちゃって、どこ、ほっつき歩いてたんです。どっかにコレでもできたんですかい」

蕎麦をたぐりながら小指を立てて見せた。

「バカいえ。長崎帰りのえらい医者のところに弟子入りしていろいろ学んできた帰りだ」

「へぇえ……えれぇねぇ、せんせいは……その年になって弟子入りするなんぞ、てぇしたもんだ」

吾助はずずっと丼の汁をすすった。

「なにをいうか。おれなんぞ、医者としちゃひよっこみたいなもんだ」

そこへ「へい、どうぞ」とアツアツの掛け蕎麦があがってきた。

「じゃ、せんせい。ごめんなすって……」

吾助が片手拝みで挨拶《あいさつ》して、足取りも軽く帰っていった。

「あの男は神谷どのの患者ですか」

「いやいや、あれは風邪ひとつひいたことのない男ですよ」

「ほう、それにしてはずいぶんと馴れなれしい口をきいておりましたな」

「なぁに江戸者は侍なんぞ見馴れておりますからな。なかには気にさわると喧嘩をふっかけてくる無法者も結構おりますぞ」

「ははぁ……」

「それに、あの吾助という男は腕のいい自前大工で、ふだんでも月に五両は楽に稼いでくるらしい」

「ほう、月に五両とは羨《うらや》ましい」

「しかも、どこかで火事でもでようものなら日当はピンと跳ね上がって、月に十両ぐらいは稼ぐでしょうな」

「ふうむ……月に十両ですか」

惣助は羨望《せんぼう》の声をあげた。

「それがしなど、田舎とはいえ、月に一両で暮らしておりましたよ」

「月に一両はきついな」

「稗《ひえ》や粟《あわ》をまぜた粥《かゆ》をすすり、米だけの飯など正月に一度口にするくらいでした」

「ははぁ、江戸者は長屋住まいの職人でも白い飯しか口にしませんぞ」

「ふうむ……笹岡では白い飯を食えるのは藩の上役ぐらいのものでしょう」

惣助は暗然としてつぶやいた。

「そういえば、おきぬの家でも三度三度、米の飯を炊《た》いておりましたな」

「おきぬのところは自前百姓だから、下手な御家人よりも暮らし向きはいいはずだ」

「ほう、御家人といえば公儀直参ではありませんか」

「なんの、当節は御家人などより、商人や職人のほうがずんと暮らしはいい。しかも、大工と左官と屋根葺《やねふ》きの職人は江戸では花の三職と呼ばれるほどですからな」

「花の三職とは、また……」

「ははは、なにせ、江戸の町屋は家と家がひしめきあっておるゆえ、火事と地震にはおそろしく弱い。一度、火の手があがるとすぐに焼け野原になる」

「ははぁ、そういうことですか……」

「大工に左官に屋根葺きは猫の手も借りたいほど忙しい。火事になれば賃金もピンと跳ね上がる。無役の小旗本なんぞより、ずんと実入りはいいものですぞ」

平蔵は二杯目の掛け蕎麦をたぐりながら、にやりとした。

「あの、吾助という男は稼ぎはいいが、それでいて長屋に帰ると女房の尻に敷かれっぱなしで酒も滅多に家では口にせん」

「ほう……よほどに女房を大事にしておるようですね」

「ふふふ、女房のおうめというのは色白で肉づきのいいぽっちゃりした女で、なんでも、おうめが広小路《ひろこうじ》の茶店で茶《ちゃ》汲み女をしていたとき、吾助が惚《ほ》れて口説《くど》き落として女房にしたらしい」

「ふうむ……色白のぽっちゃりですか」

「さよう。まずは目黒のおきぬどのとよう似た躰つきのおなごですな」

「ほう……」

どうやら、ふいに、おきぬのことが惣助の脳裏によぎったらしい。

「…………」

惣助はむっつりしたまま黙りこんでしまった。

とんだ俄《にわか》虚無僧だと、平蔵は苦笑した。

普化僧（虚無僧）は剃髪《ていはつ》せずに髷を落としただけの有髪である。

隠密が普化僧になるのは、髪をのばして髷を結えば侍にもどれるためであった。

さいわい惣助は法器である尺八が吹けるから、普化僧に化けたといっていた。

本山の一月寺に入山すれば、あらためて経文も学ばなければならないだろう。

しかし、すでに笹岡藩では刈谷惣助が虚無僧に化けていることを知っている。

だとすれば、あえて一月寺に向かうこともないはずだ。

とはいえ、平蔵と同居していては笹岡藩が嗅ぎつけてくるのは目に見えている。

――さて、どうしたものか……。

そもそも、この刈谷惣助という男のことは平蔵もくわしくは知らないものの、どことなくほうってはおけない気にさせる素朴な人柄だった。

もっとも、平蔵も浅草の自宅にもどれば［よろずやまい治療所］の看板をかかげている町医者である。

おまけに女中も下男もいない一人者だから、惣助の面倒をみるなどとおこがましいことをいえる身分ではなかった。

しかも、惣助は脱藩者として笹岡藩から討手がかけられている、いわば追われる身の男なのだ。

もどれば患者が来るだろうし、惣助をかくまったところで、その耳目《じもく》をふさぐというわけにもいかないだろう。

——ふうむ。これは、またまた面倒なことになりそうだな……。

掛け蕎麦をたぐりながら平蔵は考え込んだ。

五

——その頃。

播磨屋仁左衛門は寝室で妾《めかけ》のお艶《えん》の肌身をたっぷり賞味したあと、寝莨をくゆらせていた。

仁左衛門は五十八になるが、性欲は旺盛そのもので、二十三の女盛りのお艶を夜毎に堪能させるだけの精力がある。

お艶は雪国秋田の生まれで、絹のように滑らかな肌をしている。

房事にも積極的な女で、しなやかに四肢をからめて男のどんなもとめにも放恣《ほうし》に応じてくる。

これまで数えきれないほどの女を賞味してきた仁左衛門も、お艶の肌身だけは手放す気にはなれなかった。

お艶は秋田の山猟師《やまりようし》の娘に生まれたが、十六のとき父親が猪狩《いのししが》りで牙《きば》にかかって亡くなった。

お艶は城下の料理屋で座敷女中として働いていたとき、商用で秋田に来ていた仁左衛門に目をつけられたのである。

仁左衛門の座敷に出て、寝間の相手をしたところ床あしらいが気にいられた。若いころ女衒《ぜげん》をしていた仁左衛門は、お艶の絹のような肌身、鞭のようによくしなう腰と壺のしまり具合が気にいって、十五両で買い取ったのである。

――おまえさんはこんな田舎においていいちゃもったいない。もっといい思いをさせてやるよと、仁左衛門は請け合った。

江戸に連れてきた仁左衛門は、お艶を上客に売りつける心づもりでいた。

どこに売りつけようか思案しているあいだ、仁左衛門は自分の床の相手をさせているうちに手放せなくなってしまったのである。

お艶はどこに骨があるのかわからない海鼠《なまこ》のような女体をしていた。

しかも、俗にミミズ千匹といわれる男泣かせの壺を秘めている。

——こいつは掘り出し物だ……。

女体には食傷気味だった仁左衛門も、お艶だけは人手に渡す気にはなれなくなった。

今夜も、お艶は赤い長襦袢《ながジユバン》の前をはだけたままで仁左衛門のかたわらに寄り添い、とろとろとまどろみかけている。

仁左衛門は枕を抱え込んで腹ばいになると、煙管をくわえたまま糸のように細い眼に冷ややかな笑みをうかべた。

——ふふ、あの田舎者のサンピンめ……いまごろは泡を食ってやがるやろな……。

サンピンとは笹岡藩で目付をしているという土橋省蔵のことである。

その土橋省蔵が、刈谷惣助という脱藩した軽輩者の始末を仁左衛門に依頼してきたのである。

刈谷惣助は念流の遣い手だと聞いて、仁左衛門は二百両とふっかけてみた。

土橋省蔵は渋って、藩邸にもどって相談し、あらためて出直してくるといって引き上げていった。

――田舎者めが……。

どうやら、内々で始末しようとしたらしいが、失敗したようだ。

――ふふふ、今度、きやがったら二百両じゃすまされないぜ……。

今度はいくら、上乗せしてやろうか……。

仁左衛門は煙管の莨をふかしながら、うっそりと薄ら笑いをうかべた。

――こいつ、なかなか食らいつきがいがあるというもんや……。

もう眠っていたはずのお艶が目を覚まし、ひんやりした足をくの字に曲げて仁左衛門の太腿に巻きつけてきた。

手指をのばし、股間の一物《いちもつ》をやわやわとつかみしめてくる。

――ふふふ、殿さまがなんぼのものか知りませんがねぇ。香具師《やし》を舐めてもらっちゃ、この播磨屋仁左衛門の顔がたちませんや……。

仁左衛門は堺の生まれである。

堺の商人は豊太閤《ほうたいこう》の威光にも容易には頭をさげなかったほどの気骨がある。

――いまのご時世は刀よりも銭の天下だ。

天下が徳川《とくがわ》の世になってからは江戸にも出店を構えるものがふえてきたものの、

ほとんどの店は大坂や堺に本店をおいている。

江戸は武士の都だが、商売は大坂と堺の商人にはかなわない。

そんな堺に生まれ育った仁左衛門は、まだ仁吉《にきち》とよばれていた子供のころから、世の中は万事が銭次第でどうとでも動くものだという思いが骨の髄《ずい》までしみこんでいた。

まだ、股ぐらに毛がぽよぽよと生えはじめたころ、すでに仁吉は何人ものおなごの肌身を知っていた。

生娘《きむすめ》もいたし、すれっからしもいた。

てっきりウブな生娘だと思っていた女が、とんだあばずれだったこともある。

その逆に、あばずれのように見えていた女から真顔で心中をせまられ、泡を食って逃げ出したこともある。

大店《おおだな》の女房を抱いたあとで強請《ゆす》りにかけたら、うしろに入れ墨者がついていて逆に半殺しの目にあったこともあった。

おなごという生き物にはいくつもの顔があるとわかったが、それでいて男という生き物は女の肌身なしでは過ごせない。

巨万の富を得た商人も、たった一人の女に血眼《ちまなこ》になって湯水のように金を使う。

女で身代を失うものもいるし、逆に女をあやつって大金を手にいれるものもいる。

素寒貧《すかんぴん》の仁吉にとっては、失うものなど何ひとつなかった。

博奕《ばくち》で目が出て二十両の銭をつかんだ仁吉は、河内《かわち》の百姓娘を五両で買って、女衒に十五両で売り飛ばした。

女衒がその娘を江戸に連れていって、五十両で吉原に売ったことを知った仁吉は、女衒という商売をまるで打ち出の小槌《こづち》のようなものだなと思ったのがきっかけだった。

仁吉は堺の遊び人のなかから、女の肌身のよしあしに目が利いて、度胸もある男たちを子分にし、女衒商売をはじめた。

しかし、上方の商人も、職人も銭には吝《しわ》いものが多い。

そのかわり、上方の女は銭をちらつかせばすぐに股をひらく。

商人の多い上方とちがって、江戸は武家屋敷の町である。

江戸屋敷詰めの侍は妻を国元においている者が大半だし、小商人《こあきんど》や職人も一人者がほとんどだった。

女房を食わせ、子を育てるにはそれなりの稼ぎがいる。

担《にな》い売りの小商人や、日銭稼ぎの職人では、おのれの口を糊《のり》するのがやっとだった。

しかも、江戸は町娘も武家屋敷や商店に奉公するものが多く、一人者の女が少ないために女ひでりの街でもある。

人口も男の数がはるかに多いため、女はすこしぐらい器量がわるくても、貰《もら》い手には困らない。

江戸の女は亭主が気にいらないと、さっさと三下《みくだ》り半《はん》をたたきつけて離縁し、新しい男を見つけて再婚する。

おまけに金持ちは女房のほかに囲い者をもちたがるから、すすんで妾になる女もすくなくない。

江戸の女の気が強くなるのは当然のことだった。

年寄りになっても、女は飯炊きばあさんになる気なら、食うには困らないが、男は金がなければ野垂れ死にするしかない。

六

　仁吉は江戸に出て深川に住まいを構え、子分たちが河内や摂津《せっつ》、山城《やましろ》、近江《おうみ》、大和《やまと》あたりまで足をのばして買いあさってきた女を色街に売りこんだ。

　西の女は言葉づかいもはんなりしているし、身ごなしもやわらかい。

　江戸の女は気も強いし、男にもポンポン口ごたえする。

　西で女を買い集め、江戸で売り込むほうが儲《もう》かると仁吉は思ったのである。

　江戸の妓楼《ぎろう》は競いあうようにして、金に糸目もつけず女を買ってくれるようになった。

　表看板は口入れ屋（職業紹介業）にし、目端《めはし》のきく男や腕っ節がたつ男たちを集めて子分にした。

　深川の永代寺門前町にあった売り家を改築し住まいにして、本所の回向院《えこういん》門前町に播磨屋という看板で口入れ屋の店をだした。

　若いころの仁吉から仁左衛門と貫禄《かんろく》のありそうな名前にあらためた。

　店は番頭にまかせ、仁左衛門は香具師として祭礼の出店の割り振りや、賭場《とば》の仕切りのほかに、何人もの刺客を飼って金額次第では殺しも引きうけた。

上方はもとより甲斐《かい》、上野《こうずけ》、下野《しもつけ》、安房《あわ》、上総《かずさ》、越中《えっちゅう》、越後《えちご》にまで手をひろげて見目よい女を買いあつめ、江戸の淫売宿や吉原の妓楼に売りさばいた。

仁左衛門は女を抱いてみなくても、そのよしあしや男が好む躰かどうかは手指でふれてみただけでわかる。

いくら器量がよくても、気位ばかり高い女は客がつかない。

目に愛嬌《あいきょう》があって、肌身に艶《つや》がある女は自然に客がついてくる。

仁左衛門が見込んだとおり江戸は女ひでりの街で、女の買い手はいくらでもあった。

いっぽうで、商いの邪魔になる者は刺客を使って始末してしまう。

浪人者は本所や深川にはあふれているが、いくら剣の遣い手でも、妻子のいる者や、仲間が多い者は秘密が漏れやすく刺客には向かない。

また、女色や博奕に溺《おぼ》れやすい者も信用できなかった。

女は一度抱かれると、男のすべてを知りたがる厄介《やっかい》な生き物だし、また人の秘密をしゃべりたがる習性があるからだ。

博奕好きは負けが込んでくると、向こう先が見えなくなるから信用できない。

無口で、よけいな詮索《せんさく》はせず、頼まれた仕事だけを確実に果たし、ボロをださない男でなければ刺客には向かない。

——あの男は刺客になるために生まれてきたようなやつだ……。

あの男は頼んだ仕事は確実に果たし、これまで一度もしくじったことはなかった。

女も君勇という深川芸者ひとりだけで、その君勇も男の名は知らないし、男がなにをしているかも知らない。

金はかかるが、それだけの仕事はきちんとしてのける。

殺しというのは女の売買より儲けもおおきいし、引きうけてうまく始末すれば相手の弱みをつかむことになる。

いまや播磨屋仁左衛門は香具師の元締めとして同業者のあいだでも一目も二目も置かれている。

笹岡藩四万七千石どころか、その後ろ盾《だて》になっている福井三十二万石の大名家も、播磨屋仁左衛門にとっては、またとない、おいしい獲物なのである。

——ふふ、田舎大名めが、この播磨屋をコケにしようとしたぶん、高くつくことになるぜ……。

仁左衛門は煙管の莨を煙草盆に落とし、お艶の背骨に沿って臀《しり》のふくらみをなぞりながら、にんまりとほくそ笑んだ。

お艶は見た目はほっそりしているが、乳房と臀は手鞠《てまり》のように弾力があり、なによりも房事に貪欲《どんよく》な女である。

いくら見た目は器量よしでも、反応のにぶい女は興ざめする。

ふいに稲妻が丸窓の外に閃《ひらめ》き、たたきつけるような驟雨《しゅうう》が沛然《はいぜん》と庭木の葉を打つ音がした。

「あっ……」

かたわらでとろとろとまどろんでいたお艶が、激しい雷鳴に目覚めて仁左衛門にしがみついてきた。

「こ、こわい！」

「ふふ、ふ、よしよし……」

仁左衛門は煙管を煙草盆において、お艶の腰をひきよせた。

「なにも、こわがることはないぞ」

震えているお艶を抱きよせ、なだめているうちに勃然《ぼつぜん》と一物が屹立《きつりつ》してきた。

仁左衛門は、お艶をぐいと抱き締めた。

「だ、旦那《だんな》さま……」

目をおおきく見ひらいたお艶を押し倒し、その腰を引きつけると、太腿を割って節くれ立った一物をふかぶかと埋めこんでいった。

「あ、ああ～っ……だ、旦那さま」

お艶は手足を仁左衛門の躰に蛸《たこ》のようにからみつけてきた。

第八章　迷い蛍《ぼたる》

一

平蔵が刈谷惣助をともなって帰宅して間もなくすると、驟雨《しゅうう》とともにふたたび雷鳴が轟《とどろ》いた。

急いで雨戸をしめ、床についてから、しばらく惣助と話し合った。

惣助は下目黒村で居候《いそうろう》していたとき、寡婦《やもめ》のおきぬと睦《むつ》みあい、いっそのことおきぬと夫婦になってもいいと思っていたことも、ためらいがちに告げた。

だが、笹岡藩にいたころの親友と出会い、藩が討手を差し向けたことを聞いたため、おきぬたちに迷惑をかけてはと思い、尺八が吹けることから虚無僧になって江戸に出てきたのだ。

しかし、言葉のはしばしに、おきぬのことをいまだに忘れがたく思っていることがうかがえた。

おそらく惣助にとっては、おきぬが生まれてはじめてこころを許せる女だったにちがいない。

笹岡藩の追及もいつまでもつづくはずはない、ようすを見て下目黒村にもどられたらどうか、という平蔵の説得に惣助もこころを動かされたようだった。

まだ惣助は二十六歳の若者である。

それが、生まれてはじめて女らしい女に出遭《であ》ったのだ。

女の髪の毛は大象《たいぞう》をもつなぐという。

一度、女の柔肌を知った若者が、そう簡単に僧籍にはいれるわけがない。

——ま、若いうちは、とことん迷うだけ迷ったほうがいい……。

中途半端にふんぎり悪く、おさまってしまうと後悔することになる。

雷鳴がしだいに遠ざかっていった。

雨音もだんだん弱くなってきた。

ぼんやり天井を見つめている惣助を見やって平蔵は枕行灯《まくらあんどん》を引き寄せると、火皿の灯りを吹き消した。

闇のなかで惣助が、かすかに溜息をつく気配がした。

――なに、おれとても、いまだに迷い蛍《ぼたる》のようなものよ……。

ふと、由紀の白い顔が瞼《まぶた》の底にうかんだ。

迷い蛍がゆきつくところは、由紀のような女しかいないと思った。

二

――翌朝。

目覚めてみると、隣に布団を敷いて寝ていたはずの刈谷惣助の姿がなかった。

布団はちゃんと畳んで、その上に枕を乗せておいてある。

部屋の隅の衣紋掛《えもんか》けには虚無僧《こむそう》の着物がかけてあるし、天蓋《てんがい》も、尺八も、腰の物もきちんとおいてある。

昨夜、寝る前に「明日からはこれを着られるといい」といって出しておいてやった普段着の単衣物《ひとえもの》と博多帯《はかたおび》がなかった。

雨戸をあけると、燦々《さんさん》と朝の光がまぶしくなだれこんできた。

裏庭の雨戸もあけて井戸端のほうを見たが姿は見えない。

――どこか散歩にでもでかけたのだろう。

まったく糸の切れた凧《たこ》のような男だなと苦笑したが、平蔵も若いときは屋敷の者からそう言われていた。

しかし、刈谷惣助は江戸には不案内の男である。

そう遠くへ行くはずはなかった。

もう、とうに五つ半（午前九時）をまわっていた。昨夜、寝ついたのが八つ（午前二時）過ぎと遅かったので寝坊してしまったようだ。

ともかく平蔵も普段着に半袴《はんばかま》をつけて井戸端で顔を洗った。

右隣は寺町だけに仏具屋で仏壇や位牌《いはい》、数珠《じゅず》などを商っている抹香《まっこう》臭い商店で、左隣は一変して艶《なま》めかしい小唄の師匠だが、本人は四十近い大年増《おおどしま》だった。

小唄の弟子は田原町の商人の娘や、なよっとした若旦那《わかだんな》も何人かいる。

おおかた師匠がめあてではなく、通ってくる弟子の娘がめあてなのだろう。

露地を出た角は鰻《うなぎ》の蒲焼《かばや》きが売り物で、店先で串焼きにして売る。

隅田川で獲《と》れた川鰻を背から割いて頭と尻尾《しっぽ》を取り、頃合いのおおきさに切って竹串を二本ずつ刺し、醤油《しょうゆ》と味醂《みりん》のたれをつけて団扇《うちわ》であおぎながら焼きあげる。

大串は一皿三百文、中串は二百文、出前が専門で黒漆塗《くろうるしぬ》りの手桶《ておけ》を二段にして蒲焼きを入れ、山椒《さんしょう》を添えて客に届ける。

京坂では腹びらきにするらしいが、江戸では切腹を嫌って背びらきにする。それでも武家ではあまり口にしない。

平蔵は切腹などするつもりはないから蒲焼きは好物だが、酒の肴《さかな》にするには高直《こうじき》だし、昼飯にするにしても値が張りすぎる。

その隣の石焼き煎餅《せんべい》のほうが懐具合《ふところぐあい》にもちょうどあっているので、もっぱら煎餅屋をひいきにしている。

どの店も日輪寺《にちりんじ》の店子《たなこ》で、家賃を払っているらしいが、さいわい平蔵の家は柳島村《やなぎしまむら》の篠山検校《しのやまけんぎょう》の持ち家で、検校の厚意で家賃はタダにしてもらっている。

そのぶん、貧しい患者からは治療費も薬代もあるとき払いの催促なしにしているため、懐中は年中、空《から》っ風《かぜ》が吹いている。

坊主や金持ちは駕籠《かご》医者とよばれる高名な医師がかかりつけで、平蔵に声がかかることはまちがってもない。

大金が入るのは、きまって刀にものをいわせたときぐらいである。

とはいえ、平蔵はあくまでも医者が本業だと思っている。

いまの世の中、武士で食えるのは城勤めの役人ぐらいのもので、浪人は商人の用心棒か賭場《とば》の用心棒になるしか使い道のない厄介《やっかい》な代物《しろもの》である。

親友の矢部伝八郎、井手甚内《いでじんない》、柘植杏平《つげきょうへい》は日本橋小網町《こあみちょう》の剣道場の師範で食っているし、笹倉新八は篠山検校の用人格におさまり、妻は女中頭《がしら》という夫婦丸抱えの結構毛だらけの身分だ。

平蔵はかつて、紀州《きしゅう》藩主だった吉宗《よしむね》が伊皿子坂《いさらござか》で刺客《しかく》に襲われたとき身を挺《てい》して守りぬき、吉宗から余に仕えぬかとすすめられたが、城勤めは性にあわないと断った。

もともと、さよう、しからばの堅苦しい城勤めは真《ま》っ平御免《ぴらごめん》の性分である。

裃《かみしも》つけて、上役の顔色をうかがって一生を送るくらいなら、貧乏医者のほうがいい。

髭《ひげ》も剃《そ》らず、井戸端で総楊枝《ふさようじ》で歯を磨き、空を向いてうがいをしていると、惣助が満面の笑みでもどってきた。

「神谷どの。いい仕事先が見つかりました。もっとも一人前の日当はもらえないそうですが、なに、食っていくぐらいの賃金はだしてくれるそうですよ」

「なにぃ……」

平蔵は思わず面食らった。江戸には不案内の惣助が、この朝っぱらに出歩いて、いとも簡単に仕事口を見つけてきたという。

しかも賃金までもらえるという。狐《きつね》につままれたようなはなしである。

「お、おい……」

うがいをしていた水を吐き出し、まじまじと惣助を見つめた。

「いったい、どういうことだ」

「いや、その、近所をあちこち歩きまわっていると、大工の仕事場がありましてね。鉋《かんな》や鋸《のこぎり》を使っているのを見ているうちに腕がむずむずしてきたんですよ」

「鉋や鋸というと……あんた、大工仕事ができるとでもいうのかね」

「ええ、国元で小普請方にいましたし、もともと大工仕事が好きでしたから……」

国元にいたころでも、組長屋の屋根が雨漏りしたり、戸の建て付けが悪くなったときは大工を呼ばずに自分で直していたという。

さすがに左官仕事はできなかったが、裏庭の物置小屋ぐらいは自分で材木を買い集めて、建てたそうだ。

「おい、納屋を造るのと大工仕事とはいっしょにならんぞ」

「いや、ほかにも家で使う箪笥《たんす》、箱火鉢や箱膳も造りましたし、家の屋根の葺《ふ》き替えも一人でやりましたからね」

「ほう、箪笥まで造ったのか」

「ええ、もっとも箪笥は妻を娶《めと》ったとき捨てられそうになったので、古道具屋にもっていって買ってもらいましたが、結構、いい値段で引き取ってくれましたよ」

「…………」

人は見かけによらないものだと平蔵は唖然《あぜん》とした。

「城勤めをしていたときは、大工や左官、屋根葺きの職人たちといっしょになって働いていましたからね」

「ふうむ……」

平蔵は思わず絶句した。

念流の遣《つか》い手だが、年増のおきぬと懇《ねんご》ろになったり、大工仕事ができるだのと、惣助には土臭い田舎侍の見かけとはちがう一面があるらしい。

「いやぁ、鉋屑《くず》の匂いを嗅《か》ぐとなつかしくなりましてね」

大工の仕事場を見かけ、しばらくしゃがみこみ、鉋の削り屑を拾って木の匂いを嗅いでいるうち、大工と口をきくようになった。

そのうち棟梁《とうりょう》から声をかけられ、話し込んでいるうち、

「そんなに大工仕事が好きなら試しに鉋をかけてみろ」

といわれて、鉋の刃を合わせて切り出したばかりの柱に鉋をかけてみたという。その鉋屑を見た棟梁が、これだけ鉋を使えるのなら見習いで使ってやってもいいと言ってくれたらしい。

仕事場の場所を聞くと、隅田川沿いの花川戸町《はなかわどちょう》の角だと惣助はいった。

「ははぁ、丸寅《まるとら》だな……」

花川戸の角の［丸寅］の棟梁は寅吉《とらきち》といって、平蔵もよく見知っている男だ。なかなかの太っ腹で、弟子の面倒見もいいという評判である。

仕事には厳しい寅吉が認めたというからには、惣助の大工仕事の腕は素人《しろうと》ばなれしているということだろう。

寅吉という棟梁は、いい加減なことを口にする男ではない。

「あんた、本気なんだな。生半可《なまはんか》な気持ちならやめたほうがいいぞ」

念流の腕はたしかなものだが、刀と鑿《のみ》は刃物とはいっても天地の差があることを、この男は果たしてわかったうえで口にしているのかと、心配になって念をおしてみたが、惣助は真顔でうなずいた。

「いいえ。わたしは棟梁の目の前で鉋も鋸も使ってみせたうえで、棟梁のほうから誘ってもらったのです。生半可どころか、本気も本気のはなしですよ」

「ふうむ……」

「わたしはもはや侍を捨てた身です。もっこ担ぎでも畑仕事でも、なんでもして働くつもりでいましたゆえ、もともと好きな大工仕事をして暮らしていけるなら、こんなありがたいことはありませぬ」

「そうか、ならばよし……」

［丸寅］の棟梁から認められたというのなら、いうことはない。

口は重く、ふんぎりの悪い男だと思っていたが、どうやらそうでもなさそうだった。

「棟梁に神谷どのの家に居候しているといったら、そいじゃ身元引受人はいらないといってくれました」

「ようし、わかった。［丸寅］の棟梁は頼りがいのある俠気《おとこぎ》のある男だ。おれからもくれぐれもよろしく頼んでおこう」

「は、神谷どのには何から何まで厄介をおかけします」

惣助はふかぶかと頭をさげた。

「ともかく、刀はおれのところにおいていけよ。もう侍じゃないんだからな」

「はい。それはもう……」

惣助、どこまでも神妙だった。

平蔵は脇差しだけを腰にし、無腰のままの刈谷惣助と連れだって［丸寅］に向かった。

［丸寅］は広小路を抜けた先の大川端《おおかわばた》にある。

田原町の角を曲がると由紀が女将をしている［おかめ湯］の暖簾《のれん》がかかっていた。

寄って由紀に帰ってきたことを告げようかと思ったが、［丸寅］の帰りのほうがゆっくりできると考えなおした。

空は昨日の驟雨が嘘のように青く澄み渡っている。

そのせいか広小路は買い物客や、浅草寺参りの人びとで賑《にぎ》わっていた。

三

「これは、おひさしぶりですな。せんせい」

平蔵が惣助といっしょに［丸寅］の仕事場に顔を出すと、棟梁の寅吉が満面の笑みで迎えてくれた。

惣助を仕事場に残して、平蔵は寅吉の帳場にあがりこんだ。

長火鉢をはさんで向かいあった寅吉に、平蔵は刈谷惣助が脱藩したいきさつを包み隠さず打ち明けた。

「へぇえ。やっぱり、れっきとした、おさむれぇだったんですかい。どうも、口のききようがちがうと思いましたよ。それにしても、上役と浮気していた女房もろとも二人雁首《がんくび》そろえてバッサリとはねぇ……さすがはおさむれぇさんだ。やることがすっきり、はっきりしていなさる」

目の前にある仕事場の土間で、惣助は一寸板に鉋を丹念にかけている。

「姦夫《かんぷ》姦婦《かんぷ》を成敗したんだ。本来なら罪に咎《とが》められることはないようなものだが、なにせ相手が城代家老の縁者ゆえ、道理がひっこんで無理が通るというやつでな。それで思い切って脱藩したらしい」

「けっ！　そいつは胸くその悪いはなしでやすねぇ」

「どうだ。そんないわくつきの男でも使ってみてくれるかね」

「ようがすとも……」

寅吉は分厚い胸板をどんとたたいて、おおきくうなずいた。

「こちとら江戸っ子だ。そうと聞いたら、なおのことひっこめやせんやね」

まずは見習いということで、とうぶんのうち、銀一匁《もんめ》の日当で雇ってくれるという。

「銀一匁か。おれよりずんといいな」

「へへへ、ぶっちゃけたはなし、このところ仕事がたてこんでるってぇのに手不足でしてね。鋸が引けて、鉋もそこそこ使えるし、鑿もあらかた使えるとくりゃ、あっしも大助かりなんで、へい」

どうやら寅吉も気まぐれではなく、本気で惣助を使ってくれるのだとわかって、平蔵は内心、ほっと胸を撫《な》で下ろした。

一人前の大工で銀三匁だからすこし安いが、暮らしには困ることはない。

「なにね。これで赤馬《あかうま》でも走りゃ、猫の手も借りたくなりまさあ。そうなりゃ日当もずんとはずみまさぁね」

「おい。赤馬なんぞと、物騒なことをいってくれるな」

「へへへっ……」

寅吉はいかつい顔をほころばせ、にんまりとした。

赤馬とは江戸市街で使われる「火事」をさす隠語である。

ことに冬場、空っ風が吹きつけるころになると、どんなに火の始末に気をつけていても、長屋は紙と木でできているようなものだから、火の粉が舞うとひとたまりもない。

しかも、冬場は翌日の火種をとっておくため、夏よりも火事が起こりやすかった。

江戸の町に用水路や広場、街路樹が多いのも、すべて防火のためである。

武家屋敷は土塀をめぐらせ、水堀で屋敷をかこみ、屋敷内には火に強い常緑樹を植え込んで火の手を防いでいる。

火事を恐れる江戸では、失火でも罪は重かった。むろん、火付けはさらに重罪で、捕縛《ほばく》されれば、打ち首よりも重い火あぶりの刑に処せられる。

江戸の長屋はトントン葺きの板屋根で安普請だから、火事になればひとたまりもないが、そのかわり大家もすぐさま建て直しができる。

火《ひ》の見櫓《みやぐら》の半鐘《はんしょう》が火事を知らせる擂《す》り半《ばん》を鳴らしはじめたら、長屋の住人は近火かどうかよりも、まず風向きを見る。

風下にあたると見たら、迷わず赤子を抱いて布団と鍋釜をかついで我先に逃げ出す。

材木屋が海に近い深川の木場《きば》に店を構えるのも、江戸近辺の山から切り出して仕入れた材木を湾内の海水に浮かべて保管しているのも、火事から守るためである。

大火が起きれば、むろんのこと、大工や左官、屋根葺き、木挽師《こびきし》たちの日当もピンと跳ね上がる。

大工などは日当が銀十匁にもなることもめずらしくない。

職人のなかでも大工の棟梁は、諸職のうえに立って指揮をとるため、鼻息も荒い。

ともかくも［丸寅］に刈谷惣助の身柄を預けることができて平蔵もひと安心というものだった。

大工の股引《ももひき》や半纏《はんてん》は寅吉がお仕着せで見繕《みつくろ》ってくれるというので、惣助の着物は刀とともに平蔵があずかっておくことにした。

四

［丸寅］からの帰り、平蔵は［おかめ湯］に顔を出した。

「ま、平蔵さま……」

番台にいた由紀が目を瞠《みは》って見迎えた。

「いつ、おもどりになりましたの」

「昨夜の夜中だ。いろいろあってな。ともかく、ひさしぶりに朝湯に浸かってくる」

朝湯の客がひとしきり帰ったあとで、洗い場も暇な隠居が四、五人いただけだった。

下目黒村では狭い鉄砲風呂《てっぽうぶろ》にばかり浸かっていたから、のうのうと手足をのばせる広い湯舟は身も心もいやしてくれる。

昨夜の乱闘で躰のあちこちに掠《かす》り傷が残っており、熱い湯に浸かると傷痕がぴりぴりしみる。

それがまた、なんとも心地よくて、肩までどっぷりと湯に浸かって目を閉じていると、洗い場から無粋《ぶすい》な声がかかった。

「おい、あんたはいつ下目黒村からもどってきたんだね」

「うむ……」

ふり向くと斧田晋吾が洗い場にしゃがみこんで掛け湯を使いながら、八丁堀同心らしい無遠慮な目を投げかけてきた。

「ちっ！　そいつは尋問《じんもん》かね。おれがいつ、どこへいって、いつ帰ってきたか、いちいち八丁堀におうかがいをたてなくっちゃならんのかね」

「ふふ、ま、そうとんがらかるな。ゆんべ堀田原の馬場近くで派手な斬《き》り合いをやらかしたやつがいるらしいと、番所から知らせがあったのよ」

斧田はじゃぶじゃぶと掛け湯を浴びると、町廻りで逞《たくま》しく日焼けした躰をざんぶと湯舟に沈めて、にやりとした。

「屍体を検死してみたが、いずれも凄《すさ》まじい刀痕《とうこん》があった。斬られたのは笹岡藩士のようだが、なかに一人、本所で道場をひらいている本間市之助の屍体があった」

斧田はざぶざぶと湯を掌《てのひら》ですくって顔を洗いながら、低い声でささやいた。

「本間市之助は梶派一刀流の遣い手で、やすやすと斬られるような男じゃない。しかも門弟の大半は笹岡藩の江戸屋敷の藩士だ。あれだけの遣い手を斃《たお》せるやつはそうはいない」

斧田は同心らしい鋭い目で平蔵の躰を舐めるように見回した。

「しかも、あんたの躰にゃ真新しい刀傷があちこちにある。おれじゃなくてもピンとくるわな」

斧田は含み笑いした。

「本間市之助をやったのはあんただろう」

「そいつも尋問かね」

「なに、八丁堀は諸藩の御家騒動のごたごたにはかかわらんことになっておる。ただの好奇心よ」

「だったら何も答えんでいいわけだ」

「ああ。ただ、この一件にゃ裏で播磨屋という香具師《やし》の大物が糸をひいておるらしい。きさまは知らんだろうが、播磨屋仁左衛門という男は面子《メンツ》にかけても、このまま引き下がるようなやつじゃない。身辺にはくれぐれも気をつけることだな」

そうささやくと、斧田は目をしゃくって番台の由紀をふりかえり、

「ここの女将は滅多といねぇ、いい女だ。せいぜい、あの女将を泣かせるようなことだけはするなよ」

片目をつむると、ざぶりと湯舟からあがって脱衣所に出ていった。

五

平蔵が「おかめ湯」から戻ると、間もなくして下谷《したや》で大工をしている益吉《ますきち》の女房のお房《ふさ》がやってくるなり、いきなり口を尖《とが》らせて食ってかかった。

「せんせい、糸の切れた凧じゃあるまいし、いったい、どこをうろついてたんですよう」

お房は甘い物に目がない女で、食い過ぎで胃腸の調子を崩しては薬をもらいにくる。

「なにをいうか。おれは目黒の竹井筍庵という名医の家においてもらって薬草の知識を教わっておっただけだ」

「なんだか怪しいわねね。そのなんとかっていうせんせいの娘さんにちょっかいだして、しんねこしてたんじゃない」

お房は意味深に目をしゃくりあげた。

「なんたって、せんせいはおなごに手が早いんだから……」

「こら、手が早いとはなんだ」

「だって「おかめ湯」の由紀さんをちゃっかりモノにしちゃったかと思うと、ぷいとドロンしちまうんだもの」

「ちっ！　ドロンとはなんだ。おれは盗人じゃないぞ」

「ふふふ、おなごのつまみ食いはマメ盗人っていってね。コソ泥よりタチが悪いわよ」

お房が毒づいていたとき、近くの日輪寺門前町に住んでいる、お芳《よし》という年増がカラコロと下駄《げた》をつっかけてやってきた。

お芳は本所にある恩養寺《おんようじ》の玄妙僧都《げんみょうそうず》の囲い者だが、深川芸者をしていた女だけに身ごなしも灰汁《あく》抜けしている。

まだ若いのに痛風《つうふう》もちだが、金払いのいい患者の一人でもある。

「あら、お房さん。どこか具合でも悪いの」

「いえね、このせんせいったら、ひょいと目黒くんだりにドロンしちゃってさ。由紀さんにないしょで浮気してきたみたいなのよ」

「おや、ま……」

お芳はくすっと笑って、袖口《そでぐち》で口元をおさえながら平蔵を見やった。

「でも、無理ないわよねぇ。せんせいはおなごにもてるもの。あたしだってせんせいにならロ説《くど》かれてみたいわ」

「あら、いやだ。そんなこといってると旦那に捨てられちゃうわよ」

「いいわよ。そうなったらせんせいに面倒みてもらうわよ。ねぇ、せんせい」

「ちっ！　いったい、おまえたちは何しにきたんだ」

平蔵が睨《にら》みつけると、お房はけろっとした顔でほざいた。

「きまってるでしょうにぃ。せんせいがもどってきたって聞いたから顔を見にきたんじゃない」

「そうよ。うちの旦那の干し柿みたいな顔ばかり見てたんじゃ、こっちまで老けこんじまうもの」

「うそばっかり、お芳さんは見るたんびに色っぽくなってるわよ」

「あら、ま、じゃ、なにかご馳走《ちそう》しなくっちゃね」

「じゃ、団子でも奢《おご》ってもらおうかな」

「ええ、いいわよ」

なんのことはない。二人とも冷やかし半分で顔をだしたらしい。

お芳やお房ばかりではなく、この界隈《かいわい》の女たちは何かといえば口実をつけて平蔵の診療所にやってくる。

べつに平蔵はとりわけ医者の腕がいいわけではないし、女の機嫌をとるのがうまいわけではないと思う。

むしろ、ずけっとものをいうし、頭ごなしに叱《しか》りつけたりもする。

それでも女たちはへっちゃらで、けらけら笑ったり、時には台所にはいりこんで汚れ物を洗ったり、強引に汚れた褌《ふんどし》まで洗濯してくれたりする。

煎餅を買ってきて勝手に台所にはいりこみ、お茶を淹《い》れては茶飲み話に花を咲かせることもめずらしくない。

どうやら平蔵の診療所は女たちの暇つぶしの集会所になっている感がある。

平蔵の親友の矢部伝八郎なども、

「きさまは、なにせ昔からおなごに手が早いからのう……」

などと羨《うらや》ましがっているが、平蔵はこれまで亭主や旦那もちの女に手をだしたことは一度もない。

おそらく女たちにとっては平蔵の診療所は、長屋の女房たちが集まる井戸端のようなものなのだろう。

甘い物好きのお房に常用の胃腸薬を出してやって帰したあと、腰が痛いというお芳を診察室の白布のうえに腹ばいにさせた。

帯をほどいて腰紐《こしひも》ひとつにさせると、着物のうえから背骨に沿った腰奇《ようき》と腸風《ちようふう》、腰眼《ようがん》のツボを指圧してやった。

腰眼は腰の治療にはかかせないツボで、女の腰痛にはここを丹念に指圧するだけでも効能がある。

「ああ、そこそこ……効《き》く効く、効くよう、せんせい……もっときつく、あ、ああ、そ、そこ、そこ……なんだか腰のあたりがとろけてきちゃうみたい」

お芳は涎《よだれ》をたらさんばかりの声をあげて身悶《みもだ》えした。人が聞いていたら、房事の声とまちがえられかねない。

お芳の旦那の玄妙僧都は仁王《におう》のような大男である。

なにしろ京の比叡山《ひえいざん》で千日修行をしてきた荒法師だけあって、もう六十に近いが、いまだに精力は絶倫らしい。

みるからに柳腰のお芳が、大男の玄妙僧都に組み敷かれ、責めたてられたら腰を痛めるのも無理はないと思ったが、そこまでは医者の関知することではない。

「いいか。暇があったら、まっすぐ背筋をのばしながら立って、片足をあげて膝を両手で抱え、腿が腹にくっつくようにする」

平蔵はみずから抱膝《ほうしつ》の型をしてみせた。

「そのあと、両手を腰にあてがい、躰をうしろにそらせる。これが弯背《わんはい》という型だ」

「そんなぁ、わんはいだなんて、まるで犬か猫が番《つが》ってるみたいですよ」

「なにをいうか。抱膝も弯背も古来、唐《から》の国より伝えられてきた治療法だぞ」

「いいの、あたしはせんせいの治療が一番効くんだもの……ほうなんとかだの、わんなんとかだのって、ややこしいことは真っ平よ」

お芳は口を尖らせて、ぷうっと頰をふくらませた。

お芳は見かけによらず強情で、意地っ張りなところがあるが、平蔵にとっては数すくない上得意の患者である。

お芳の妾宅《しょうたく》は内風呂がついているというから、毎日でもニンニク風呂に浸かるようすすめて、八味地黄丸《はちみじおうがん》を出してやった。

ついでにいささか値は張るが、鹿茸《ろくじょう》という鹿《しか》の角からとった漢方薬と土鼈甲《どべっこう》という泥亀の甲羅《こうら》の粉末を出してやった。

いずれも古くから精力増強と腰痛に効能がある妙薬である。

「いいか、これは旦那にはないしょにしておけよ」

「どうしてさ……」

「旦那にこいつを飲ませると精力がつきすぎて、おまえさんがくたくたになりかねん」

「だいじょうぶよ。旦那はもうすぐ六十のお爺ちゃんだもの。じきに立つものも立たなくなるから、はやいところ新しい旦那さがさなくっちゃね」

「そんな心配はいらん。玄妙僧都は叡山で鍛えてきた荒法師だ。あと十年や十五年、おまえを可愛がってくれるだろうよ」

「ええっ、そんなに……いやだなぁ、そいじゃ、あたし四十年増になっちゃうじゃない」

「いいじゃないか」

「そのあいだ、あたし、お爺ちゃんの相手をしなくちゃなんないの」

「まぁ、そのあいだにせっせとお手当をためておいて、小料理屋でも出す算段をしておくことだ」

「あ〜あ、なんだかめいっちゃうな」

「でなきゃ、いまのうちに旦那にせがんで小店《こだな》のひとつでももたせてもらうように仕向けるか、この薬で精つけて旦那を責め立てて早く極楽浄土にいってもらうしかあるまいよ」

医者にあるまじき不届きな知恵をさずけてけしかけた。

「ふふ、ふ……せんせい、もしかして、これを飲んで由紀さんをめろめろにしちゃったんじゃない」

「バカ。おれにはそんなものは無用だよ。なにせ、おれは餓鬼《がき》のころから剣術で鍛えてきたからな。足腰の出来がちがう」

「ふうん……せんせいの道具はよっぽど凄《すご》いみたいね。だったら、たまには由紀さんにないしょで、あたしも可愛がってみてよ」

お芳は婀娜《あだ》っぽい流し目をくれると腕をのばして、ぐいっと平蔵の腿を抓《つね》りあげた。

よけいな口をたたいたぶん、治療費と薬代を銀一分よけいに上乗せしてやったが、お芳は文句もいわず綺麗に払って帰っていった。

お芳が帰ったあとはパタリと患者の足が途絶えた。

六

患者を帰したあと、堀田原での斬り合いに使ったソボロ助広の鞘《さや》を払って刀身を確かめてみた。

ソボロ助広の刀身には刃こぼれひとつなかったが、丹念に打ち粉をたたいてみると血脂《ちあぶら》の曇りが残っている。

鞘におさめ、刀袋に入れると、井上真改《いのうえしんかい》を腰に家を出た。

ぬかるみを避けて松永町《まつながちょう》に向かった。

平蔵は松永町で研師《とぎし》の看板を出している文治《ぶんじ》にソボロ助広の研ぎを頼んだあと、ふと思い立って、すぐ近くの一軒家に住んでいる浮世絵師の雪乃《ゆきの》を訪ねた。

雪乃の夫は向井《むかい》半兵衛《はんべえ》という浪人だったが、金につまって平蔵を討ち果たす刺客を頼まれたものの、逆に平蔵に斬られて一命を落とす羽目になった非業《ひごう》の剣士である。

そのとき半兵衛は、死の間際に平蔵に金を預けて妻の雪乃に渡して欲しいと託した。

雪乃に非凡な画才があることを知った平蔵は、斧田同心のために探索中の悪党の似顔絵を描いてもらったことがある。それがきっかけとなって、雪乃は浮世絵師の道を歩むようになったのである。

以来、雪乃はなにかと平蔵を頼りにするようになった。

家の前まで行くと、雪乃はちょうど十六、七ぐらいの可愛い娘といっしょに湯屋から帰ってきたところだった。

「ま、神谷さま……おめずらしい」

雪乃は湯あがりで上気した頬にパッと血の色をうかべて、小走りに駆け寄ってきた。

「文治のところにいったついでにちょいと寄ってみたんだが、元気そうでなによりだ」

「あら、ついでだなんて憎いこと……」

雪乃は艶《つや》っぽい目つきをして間近に寄り添うと、平蔵の腕をかかえこんだ。

「さ、どうぞ……」

「う、うむ……」

かつての堅苦しい雪乃とはまるでちがう婀娜っぽい仕草に、平蔵はいささか戸惑った。

湯あがりの雪乃からは、年増の甘い肌身の匂いがおしよせてくる。

平蔵がはじめて会ったころの雪乃は貧にやつれて表情も暗かったが、浮世絵の筆をとるようになってからは肉づきもふっくらとして、三十路《みそじ》の女らしい色気も匂うようになってきている。

女というのは男とはちがって過去はひきずらず、今このときを生きるようにできている生き物のようだ。

雪乃はかたわらの娘に耳打ちして買い物に行かせると、平蔵を家のなかにみちびいた。

七

仕事部屋にしている八畳間には描きかけの紙が散乱していた。

手土産《てみやげ》にもとめた浅草名物の雷《かみなり》おこしを渡し、すすめられるままに座敷にあがってみると、雪乃は三保《みほ》の松原越しに見える富士の絵の線描をしているところだったらしい。

「ほう、これは屏風絵《びょうぶえ》のようですな……」

「ええ。文治さんのご紹介で、お旗本のお屋敷から頼まれましたの」

「それはなによりだ。浮世絵もいいが、旗本屋敷から屏風絵を頼まれるようになるとはたいしたものだ」

「でも、わたくしは浮世絵を描いているほうが楽しゅうございますわ」

雪乃は茶を淹れてくると、平蔵のかたわらにぴたりと寄り添うようにして座り、屏風に目をやった。

「そうかの……風景もなかなかいいと思うがな」

「でも、富士の山は崩しようがございませんでしょう。おなじ屏風絵でも狩野派《かのうは》の絵師のように菖蒲《しょうぶ》や牡丹《ぼたん》などの花を描くほうが楽しゅうございますもの」

狩野派とは幕府の御用絵師となった狩野探幽《たんゆう》をはじめとする絵師たちのことである。

「なるほど。わしには絵のことはわからんが、雪乃どののように生身のおなごを描く浮世絵のほうが、やはり人間臭くて好もしいと思うがの」

「ま、うれしいこと……」

雪乃は平蔵の肩に頰をひたとおしあてると、つぶやくようにささやいた。

「でも、わたくしは浮世絵を描いていても、ほんとうの睦みあいを知りませぬもの。ときおり空しくなることがございます……」

いつの間にか雪乃は腕をのばし、平蔵の手をとってたぐりこんだ。

家の中ばかりで過ごしているせいか、雪乃の肌は血脈が透けるほど薄く、肉の温もりがじかに伝わってくるようだった。

「もう、わたくしも三十路を越えたというのに、このまま年寄っていくのかと思うとさみしゅうございますわ」

雪乃はたぐりこんだ平蔵の手を胸乳《むなぢ》のうえにおしつけると、裾前《すそまえ》を乱し、白い足を畳のうえに這《は》わせた。

「神谷さま……」

雪乃は全身の重みを平蔵の腕にあずけると、うつつなげに訴えかけるような眼差しで振り仰いだ。

くずれた襟前《えりまえ》から噎《む》せかえるような女の体臭が平蔵の鼻腔《びこう》におしよせてくる。

目にしみるような白い足が赤い蹴出《けだ》しから跳ねだしていた。

「雪乃どの……それがしはそなたの夫を手にかけた男ですぞ」

「そのような……もう遠い昔のこと。ここにいるのは、ひとりの生身の女……」

訴えるようにつぶやいた雪乃のまなざしには、女盛りで孤閨《こけい》に耐えてきた女の切なさがこもっていた。

しかも、その暮らしの大半を支えてきたのは男と女の睦みあいを描く枕絵なのだ。

男なら深川あたりの狭斜《きょうしゃ》の街で女を抱くこともできるが、雪乃のような女にはそんな息抜きもできなかったのだろう。

訪れてくる親しい男といえば版元ぐらいのものだろう。

版元の頭にあるのは儲《もう》かるかどうかの算盤《そろばん》だけでしかない。

頼るのは天性の画才だけである。

しかも、その画才を生かして暮らしをたてるきっかけを作ったのは、雪乃の夫を手にかけた平蔵だった。

夫を手にかけた平蔵に励まされ、絵師になった雪乃のこころが平蔵に向けられたのは、いわば自然の成り行きだったのだろう。

女という生き物には今日があって、昨日はないという。

雪乃が遠い昔のことというのは、無理からぬことかも知れない。

しかし平蔵の瞼の奥には、病がちだった雪乃のためにこころならずも刺客をひきうけて平蔵に立ち向かい、そのために一命を失うことになった向井半兵衛の顔が、いまだに焼きついている。

向井半兵衛は死の間際まで雪乃の行く末を案じ、平蔵の刺客を引きうけた手付けの金を皮肉にも平蔵に託したのである。

「雪乃どの。それがしは向井半兵衛どのが、どれほど雪乃どののことを案じられていたかを知っておる」

平蔵は縋《すが》りついてくる雪乃の腕を静かにつかみとった。

「いつの日か、雪乃どのをこころから愛《いと》おしんでくれる、そなたにふさわしい男が現れましょう。いや、かならず現れる」

「神谷さま……」

「……向井半兵衛どのも、それを願っておられるにちがいない」

平蔵は雪乃を見つめてふかぶかとうなずいてみせると、腰をあげて井上真改を手に背を向けた。

八

自宅に帰る途中、酒屋に寄って酒を一升買い、漬け物屋で味噌漬《みそづ》けの大根を買って家にもどった。

味噌漬けの大根をおおざっぱに刻んだのを肴に、濡《ぬ》れ縁《えん》にあぐらをかいて、茶碗酒を飲みながら夕風に身をゆだねていると、間もなくして由紀がやってきた。

由紀は来る前に湯を浴びてきたらしく、浴衣《ゆかた》姿に下駄をつっかけて、洗い髪のまま肩のあたりを紐で括《くく》ってあるだけだった。

台所の上がり框《かまち》に下駄を脱ぐと、由紀はまっすぐに平蔵のもとに足を運び、無言のままで平蔵の背中に頬をおしつけてきた。

平蔵も黙って身をよじり、由紀の腕をたぐりこむと、あぐらのなかに由紀の躰を抱えこんだ。

湯あがりの由紀から匂いたつ甘い肌身の匂いが、平蔵のこころを和《なご》ませてくれた。

「もう、湯屋のほうはいいのか……」

「ええ、松江《まつえ》伯母さまや、お寅《とら》さんがなにもかも心得ていてくださいますもの」

由紀はそうささやいてほほえみかえした。

由紀とはじめて結ばれたころ、由紀はひたすら平蔵のもとめるままに身をゆだねていただけだった。

それが時がたつにつれ、由紀はすこしずつ変わってきた。

蚕《かいこ》が蛹《さなぎ》になり、やがて孵《ふ》化《か》して蝶《ちょう》になるように由紀の女体も開花していった。

蝶の雄《おす》と雌《めす》が蜜をもとめて飛翔《ひしょう》するように、由紀もまた平蔵とともに交わりの歓びを共有するようになってきている。

男と女はそもそもが躰の造りもちがう。

男はまっしぐらに頂《いただ》きをめざすが、女はゆるやかに坂をのぼりくだりしては頂きをめざすもので、ともに頂きにのぼりつめることは希有《けう》に近い。

しかし、いつのころからか、由紀との房事ではそういう違和感がなくなった。

——おなごにも、おなごの一期一会《いちごいちえ》がございます……。

由紀はそういった。

——わたくしが平蔵さまをお慕いする気持ちは、何があろうともゆるぎませぬ……。

そうも、いった。

由紀は二十六歳の女盛りである。

六年前、幸せのさなかに夫を亡くし、二十歳で［おかめ湯］の女主人になった由紀は、七人の使用人をそつなくまとめてきた。

たまさか由紀が持病の痛風で平蔵の治療を受けるようになり、いつしか男女の堰《せき》を越えて睦みあうようになった。

それればかりではなく、平蔵がひょんなことから引き取る羽目になった孤児の太一も由紀が母親がわりになって親身に育ててくれている。

この界隈の人びとも平蔵と由紀の仲をとやかくいうこともなく認めてくれているが、平蔵には医者、由紀には［おかめ湯］の主人というそれぞれの仕事がある。

しかも、平蔵はこれまで数え切れぬほどの剣士を討ち果たしてきた業《ごう》を背負っている。

――いつ、果たし合いを挑まれ、果てるとも知れない身でもある……。

由紀や太一を巻き添えにしないためにも、いまのままがいいと思うし、由紀も二人の仲は一期一会と思い定めてくれている。

九

蚊帳《かや》を吊った床のうえに由紀を横抱きにした平蔵は、仰臥《ぎようが》しながら乱れた気息をととのえていた。

由紀は薄汗のにじんだ頬を平蔵の胸におしあてたまま、身じろぎもしなかった。

由紀の腰はしなやかに細いが、肌身はとけるように艶やかだった。

日頃、湯屋の女将として一日中きりきりと働いているせいか、太腿や足の脛《すね》は引き締まっていた。

日中、あまり陽光にあたることがすくないためか、肌身はぬけるように白い。

「太一はどうしている。わるさしてそなたを困らせてはおらんだろうな」

「いいえ、いまはお習字がおもしろいらしく、毎日、半紙が真っ黒になるまで字を書いておりますわ」

「おれとはだいぶちがうな。おれが太一の年頃には、伝八郎と毎日つるんで喧嘩《けんか》相手を探しまわっていたよ」

「太一もよく塾の子と喧嘩しては、たんこぶをつくって帰ってきますわ」

「泣かす口か、それとも泣かされる口か」

「さぁ、あまり泣いているのは見たことはありませんわね」

「ふうむ。そいつはたのもしいな」

「ま……」

由紀はくすっと笑って、幸せそうに平蔵の胸に顔をおしあてた。

太一は浅草の平右衛門町《へいえもんちよう》の裏店《うらだな》に住んでいたおひさという夜鷹《よたか》の子だった。

おひさは元の名を尚乃《ひさの》といって、浪人者の娘だったが、父親が病死したあと弥市《やいち》という担《にな》い売りの小間物屋に口説かれて所帯をもった。一年後、太一を産んだものの、尚乃が身籠もっているあいだに弥市は水商売の年増といい仲になり、川越《かわごえ》のほうに逃げてしまった。夫に捨てられて食うに困った尚乃は夜鷹に身を落として、乳飲み子の太一を育てていたのである。

小雨の降る夜、平蔵は剣友の佐川七郎太《さがわしちろうた》と「あかねや」という飲み屋で痛飲しての帰り、柳橋を渡ったところで夜鷹の尚乃に声をかけられたのである。

尚乃は夜鷹にはめずらしく、控えめで、いじらしいところのある女だった。

朝から何も食べていないという尚乃に屋台の立ち食い蕎麦《そば》を二杯食べさせて、一分銀をふたつと「あかねや」で借りてきた女物の塗り傘を渡してやったのである。

その平蔵のちょっとした恩情が身にしみたのか、尚乃は塗り傘を平蔵に返そうと翌日から柳橋の袂に出向いて待ちつづけた。

ところが尚乃は運悪く、梵天丸と名乗る凶盗の一味と遭遇し、無惨にも斬殺されてしまった。

その尚乃の屍体を検分した町方同心の斧田晋吾から、尚乃が夜鷹には不似合いな塗り傘を手に握りしめたままだったと聞かされた平蔵は、公儀の女忍びを務めるおもんとともに、尚乃が住んでいた長屋を訪れ、孤児となった太一を引き取ったのである。

太一にはおもとという叔母がいたが、おもとの亭主は日雇い人足で、おもとも手内職をして食っていくのが精一杯だった。

おもんは五両の金をおもとに渡し、太一を引き取ることにした。

太一は浅草にある、おもんの忍び宿で暮らしていたが、おもんは将軍に仕える［お庭の者］で、下命を受ければ配下の小笹《こざさ》とともに諸国の潜入探索に働く忍びの者である。

留守にすることが多いおもんに預けっぱなしにしておくわけにはいかなかった。やむをえず、太一は平蔵が引き取る羽目になった。

医者をしながら、なんとか太一の面倒をみていたとき、師の佐治一竿斎が訪れてきたのである。

太一は口数のすくない子だったが、師を「おじいちゃん」と呼び、平蔵を「ちゃん」と呼んでなついた。

しかし、一人者の平蔵が、男手ひとつで幼児の面倒をみるのはむつかしい。

しかも、平蔵は医者として患者の診察や往診もある。

そこで由紀が［おかめ湯］の子として育てようといってくれたのである。

［おかめ湯］には由紀の伯母の松江や、女中のお寅や、お菊《きく》、お辰《たつ》もいるから目も行き届くし、面倒もよくみてくれる。

はじめは無口で人見知りだった太一も、近頃は遊び友達もできて、よくしゃべるようになり表情も明るくなってきた。

平蔵は二度目の妻だった篠を産褥熱《さんじょくねつ》で亡くしたあと、もはや生涯、妻は娶らぬといったものの、日がたつにつれて由紀との仲が深まり、いっぽうでは平蔵をちゃんと慕ってくれる太一もいる。

――男として、なんとか形だけでもつけぬといかんかな……。

そう思ったものの、こころの片隅に密かにためらう気持ちもある。

おなごという生き物は、この世にふたつとない愛おしいものだが、それはつきすぎもせず、離れすぎもしないあいだのことだ。四六時中、顔をつきあわせていれば、これまで見えなかったものも見えてくるだろうし、また、アラをさらけださないと息がつまってくるだろう。

いいたいことをいいあい、それですっきりすればいいが、そうもいかないこともある。

その折り合いがうまくつけばいいが、つかないときには痼《しこ》りが残る。

男は外で発散することもできるが、おなごは内にこもって燻《くすぶ》る。

それまで見せなかった素顔が現れる。

男は一里四方に目を向けるが、おなごは日常一町四方のなかで暮らす。

由紀はどこまでも田原町の湯屋［おかめ湯］の女将として生きているが、平蔵は浅草に診療所をおいているものの、あくまでもそこは暮らしの拠点でしかない。

なにかあれば、ためらいもなく何処《いずこ》へでも飛び出していく。

おなごは血肉を分けたものから離れられないが、男は血縁よりも他者との絆《きずな》に重きを置く生き物でもある。

そこに交喙《いすか》の嘴《はし》の食い違いが生まれる。

それは理屈ではなく、男と女の生理的なちがいでもある。

――急いできめることはあるまい。

波津《はつ》と篠のふたりと婚してみて、そのことが胴身にしみた。

もしかすると、由紀はそうしたことがわかるからこそ、このつきすぎず、離れすぎもしないかかわりあいを大事にしたいと思っているのかも知れなかった。

平蔵はいまにもまして、あらためて由紀を愛おしいと、こころからそう思った。

かたわらで由紀は、平蔵の胸に頬を埋めるようにして安らかに寝入っていた。

第九章　闇討ち

一

——翌朝。

平蔵が目覚めたとき、由紀はすでに床にいなかった。

湯屋の朝は早くから釜に火をいれ、脱衣所を掃除し、朝湯の客を迎える支度に忙しい。

そのため、由紀も未明に目を覚まし、きちんと身支度をととのえてから「おかめ湯」にもどっていくのである。

囲炉裏端《いろりばた》の板の間においてある箱膳のうえには、由紀が朝飯の支度をととのえて、きちんと布巾《ふきん》をかけてあった。

まだ味噌汁《みそしる》もあたたかく、釜の飯もぬくぬくだった。

佃煮《つくだに》と沢庵《たくあん》も小皿にちゃんと取り分けてあった。

やはり、我が家で食う飯はうまい。

二杯目の飯をかきこんでいたとき、玄関から断りもなく斧田同心が土間にはいってきた。

「なんだ、なんだ。今頃、朝飯か……」

斧田は遠慮もなく雪駄《せった》を脱ぎ捨て、板の間にあがりこむと、手をのばして沢庵をつまみ、ポリポリと嚙《か》みしめた。

「おい。いくら八丁堀でも、だんまりで人の家にはいりこんでいいってことはなかろう」

「ふふふ、よういうわ。このこの浅草にもどってくるなり、堀田原で派手な斬《き》り合いをやってのける。まったく、あんたは八丁堀泣かせだよ」

「なにをいうか。こっちは、江戸にもどってくるなり黒覆面《くろふくめん》の集団に闇討ちにあったんだぞ。将軍家のお膝元で徒党を組んで闇討ちをしようなんぞという手合いをのさばらせておいて、八丁堀は高みの見物かね」

「ちっちっち！　こないだも言ったように、田舎大名の御家騒動には八丁堀はかかわらんことになっておるのでな」

「だったら、ごちゃごちゃいわんでもらいたいな。こっちは［しんざ］で一杯やってほろ酔い気分で家に帰るところだったんだ。やつらのおかげで酔いもさめちまったんだぞ」

飯に番茶をぶっかけてかきこんだ。

「わかった、わかった。なにせ、こっちも手不足でな。夜の見回りまでは手がまわらんのよ。おまけに相手が大名の家臣ときちゃ、お手上げだぁな」

斧田はぐいと顔を突き出した。

「ことに浪人者ならともかく、武家は目付の管轄だ。あんたの兄貴の領分だろうが」

「ばかいえ。目付は旗本御家人の不祥事《ふしょうじ》を取り締まるのが仕事だ。田舎大名のごたごたにまで首をつっこみゃしないさ」

「ふふふ、まぁな……おたがい、もちつもたれつってことよ」

斧田は勝手に番茶を湯飲みについで飲みながら、

「あんたが斬った本間市之助という男は相当な遣《つか》い手だ。それを一太刀で討ち果たすとは、あんたの剣の腕はたいしたもんよ」

「ほう、まるで見ていたようなことをいうじゃないか」

「なに、進三郎が見ていたさ」

「ちっ、しんざのやつ……」

「しかし、ほんとうに気をつけろよ。この一件には香具師《やし》の播磨屋仁左衛門がうしろで糸を引いているんだからな。播磨屋は面子《メンツ》をつぶされてだまっているようなやつじゃないぞ。闇夜の礫《つぶて》ということもあるからな」

「ほう、香具師というのは人殺しもひきうけるのかね」

「ああ、播磨屋の根っこは女衒《ぜげん》だからな。金になることならなんでもやる手合いさ。この前、吉原堤で目付の小笠原一学さまを斬ったのも播磨屋の刺客《しかく》にちがいないと、おれはみている」

「おい。そんな輩《やから》を八丁堀は野放しにしておくのか」

「ばかをいえ。尻尾《しっぽ》をつかめば容赦なくお縄にできるが、あてずっぽうでやたらとひっくくるわけにゃいかねぇ。それが天下の御法ってもんよ」

「たかが女衒あがりの香具師をのさばらせておいて何が天下の御法だ」

「そうはいうがな。なにせ、やつは腕のたつ剣術遣いを何人も飼ってやがる。小笠原さまは柳生流の免許取りにもかかわらず、抜き合わせる間もなくバッサリやられちまった。あんたもせいぜい用心したほうがいいぞ」

「おれは香具師よりも夜の赤馬のほうがずんと怖いね。闇討ちは防ぎようもあるが、赤馬は逃げるしか手がないからな」

「ちっ！　赤馬が暴れるのはまだまだ先だろうよ」

トントン葺《ぶ》きの屋根が多い江戸の町では、ちょっとした火の不始末から大火になり、強風が吹き荒れる冬場には江戸市中の町屋の半分が一夜にして焼け野原になってしまうこともあった。

「しかし、あんたは借家だから焼け出されたところで、身ひとつで逃げだしゃなんとかなるだろうよ」

「ちっ、八丁堀は海のそばだから、いざとなりゃ海に飛び込むという手もあるからな」

「馬鹿いえ。赤馬が暴れるのは真冬だろうよ。そんな寒空に海にじゃぶんじゃ、凍《こご》え死にしかねんぞ」

「それでも焼け死ぬよりはましよ」

「とにかく、あんたも火の始末と播磨屋には、せいぜい気ぃつけることだな」

斧田は沢庵をもう一切れ、ひょいと指でつまんで嚙みしめると、低い声でささやいた。

「ところで、あの、刈谷惣助ってえ脱藩浪人は［丸寅］で見習い大工をしているそうだが、いつ闇討ちにあうか、わかりゃしねぇ。夜はせいぜい出歩かねぇようにしろと、あんたからそういってやるんだな」

そういうと、斧田は十手《じって》で肩をたたきながら腰をあげ、雪駄をチャラチャラさせながら出ていった。

口は悪いが、斧田は八丁堀同心のなかではめずらしく情のある男である。

平蔵は茶漬けをかきこむと、惣助から預かっていた腰の物を刀袋にいれて、大川端にある［丸寅］に向かった。

刈谷惣助の念流の腕はなかなかのものだが、いくらなんでも無腰では闇討ちはしのげないだろう。

二

惣助は仲間と仕事場に出向いているというので［丸寅］のおかみに腰の物を預けて、夜はあまり出歩かないようにしたほうがいいと念をおしておくよう頼んだ。

自宅にもどってくると、蛇骨長屋のおみさが待っていた。

「せんせい、二日ほど前から胃がもたれちゃって一昨日《おとつい》からお店を休んでるんですよ」

おみさはひとりで住んでいる女で、三好町《みよしちょう》の［あぐら亭］という飲み屋で酌取《しゃくと》り女をしている。

おみさは細面《ほそおもて》のなかなかの美人で、きまった男はおらず、酌婦にしては、めずらしく身持ちの堅い女だ。

前に、せんせいも一度お店に来てくださいなと誘われたが、平蔵はまだ訪ねたことはない。

おみさは飲み屋の酌婦にしておくのは惜しいような女だが、胃の腑《ふ》が弱く、そのせいか血色はいいとはいえなかった。

帯紐《おびひも》を解いて仰向けに寝るようにいった。

おみさは素直に背を向けたまま、帯紐をといて、長襦袢《ながジュバン》のまま診察用の白布のうえに仰向けになった。

長襦袢のうえから胃の腑を触診してみた。

胃の腑にすこし痼《しこ》りがあるが、ただの消化不良のようで、気になるようなものではなかった。

「せんせい、何か悪い病でしょうか……」

おみさは案じ顔になって眉を曇らせた。

「いや、たいしたことはない。ま、商売柄の寝不足と酒の飲み過ぎで、すこし胃が荒れているようだな。薬湯を食前に飲んで、当分は粥《かゆ》でも口にして二、三日も寝ていればよくなってくるだろう」

ひらいた着物の胸をあわせてやって、胃のもたれに効く薬草を処方してやった。

「あんたは客と飲むのが商売だが、すこしは加減して客には飲んだふりをして躰を労《いたわ》ることだ。できれば心根の優しい男と所帯をもって水商売から足を洗うほうがいいぞ」

「そんな男はなかなかいませんよ、せんせい。男はみんな、あたしを抱くことしか考えていませんもの」

おみさは帯を締めながら、ふっと寂しそうな目になった。

「でなきゃ、あたしを店で働かせて自分は楽しようかという男ばかり……」

「なにをいう。世の中、そんな男ばかりじゃないぞ。いっそのこと「あぐら亭」のような飲み屋勤めはやめて、堅気の商人の店で女中奉公でもしてみたらどうだ」

「女中奉公ですか……」

「ま、酒の相手をしているのとおなじようなわけにはいかんだろうが、あんたほどの器量よしなら店に出入りの商人の一人や二人、嫁に欲しいといってくるにちがいないぞ」

「ええ、考えてみます……」

ふんぎりの悪い顔で、うなずいてみせた。

一度、水商売に足をいれると、なかなか足を洗うことはできなくなるのだろう。

ともかく、店を休んでいる女から薬草代や診察代をとる気にはなれないから、ツケでいいといって帰してやった。

おみさはツケを踏み倒すような女ではないが、このぶんでは当分、蓄えなどはできそうもない。

日銭《ひぜに》で銀一匁を稼ぐ見習大工の刈谷惣助が、ちょっぴり羨《うらや》ましくなった。

三

「播磨屋。この仕事、ほかの者にまわしてもらおうか……」

その男はにべもない口調でそういうと、ぷいとそっぽを向いた。

「ほう、あんたが断るとはめずらしいこともあるもんだ」

播磨屋仁左衛門は煙管《キセル》を煙草盆にたたきつけて、眉をしかめた。

「相手は念流の免許取りとはいっても、たかが田舎の脱藩浪人。あんたの腕からすれば朝飯前の仕掛けのはずですがねぇ。ひとつ、わけを聞かせてもらいましょうか……」

「播磨屋。その男は今は大工の見習いをしておるそうではないか。ほうっておいても笹岡藩に仇《あだ》なすようなことはなかろう」

「そりゃ、まぁ、そういっちまえば身も蓋《ふた》もありませんやね。こっちは笹岡藩から仕掛け代をせしめりゃいいだけのことだ」

「元締め。おれも元はといえば脱藩浪人だ。しかも、そやつが笹岡藩に仕返しをしようとしているというのならともかく、士分を捨てて大工に身を落とそうとしている男を斬る気にはなれんな」

「ふふふ、公儀の目付をバッサリやった仕掛け人にしちゃヤワなことをいいますな」

「それとこれはべつのことよ。あの目付は元締めばかりか、おれのような仕掛け人まで一網打尽《いちもうだじん》にしようとしていやがった男だ。いうなれば、おれにとっても目の上のたんこぶだったからな」

その男はホロ苦い目になった。

「大工の見習いを仕掛けるやつなら、ほかにいくらでもいるだろう。とにかく、この仕事はどうにも気乗りがせぬ」

「そうですかい。ま、二百両という大金の仕掛け代だ。喜んで引きうける者がいくらでもいますからな」

「おれは気乗りのせぬ仕掛けは受けぬと前にも言っておいたはずだ」

その男はかたわらの刀を手にすると、さっさと腰をあげた。

「……………」

仁左衛門は口をひんまげ、その後ろ姿を見送って舌打ちした。

「ちっ……気乗りがしねぇなんぞと、勝手なことをぬかしやがって。すこし甘やかし過ぎたようだな」

四

刈谷惣助が「丸寅」の仕事をおえたあと、大工仲間に誘われて東仲町《ひがしなかまち》にある飲み屋で一杯やっていると、棟梁《とうりょう》が日よけの編笠をかぶった女を連れてはいってきた。

「おきぬどの……」

惣助は思わず手の盃を落とし、呆然《ぼうぜん》と立ちすくんだ。

編笠の女は下目黒村のおきぬだった。

おきぬは綿の縦縞《たてじま》の着物に帯をきちんと腰高に締め、足には脚絆《きゃはん》をつけ、紺足《こんた》袋《び》に草鞋《わらじ》履《ば》きという、まるでお伊勢《いせ》参《まい》りの女のような旅支度をしている。

「おまえさん！」

おきぬは編笠をかぶったまま惣助に駆け寄った。

「ど、どうしたんだ。家で何かあったのか」

「なにいってるだよう。あたしは、おまえさんがどうしているか心配になって、ようすを見にきたんだもの……」

おきぬは編笠をむしりとり、惣助にすがりついた。

「虚無《こむ》僧《そう》の編笠をかぶったひとを見ちゃ、おまえさんかと思って、追っかけたりしてさ。けど、こうして逢えたんだもの。うれしいよう」

おきぬは半べそをかきながら、ぴしゃっぴしゃっと惣助の胸をひっぱたくと、汗みずくになった顔を惣助におしつけた。

「お、おきぬ……」

惣助が立ちつくしていると、神谷平蔵が笑いながら入ってきた。

「刈谷どの。おきぬはあんたのことが心配で追いかけてきたんだぞ」

「は、い、いや……」

「見てのとおり、おきぬはあんたに首ったけのようだ」

「はっはっはっ……」

寅吉がどんと惣助の背中をどやしつけた。

「あんたも果報者だな。おなごが旅支度で目黒くんだりから追いかけてくるなんぞ、男冥利《おとこみょうり》につきるというもんだぜ」

大工仲間がちゃちゃをいれた。

「ようよう、なかなか似合いの夫婦だぜ」

「なんなら、おいらがかわってやりてぇくらいのもんよ」

「い、いや、し、しかし……」

惣助はしどろもどろになって頸筋《くびすじ》まで血のぼせている。

「しかしも馬の糞《くそ》もねぇやな。ちょいと年増《としま》だが、そんじょそこいらのあばずれ女よりも、ずんといいおなごだぜ。ねぇ棟梁」

「そうよ。年上の女房ってのは面倒見がいいと相場はきまっている。もっと、しっかりと抱いてやんな」

寅吉が惣助の背中を押してけしかけた。

「お、おきぬ……」

惣助は、おずおずとおきぬの背中に腕をまわして抱きよせた。

「おまえさん……」

おきぬは頬をぽっと赧《あか》らめ、幸せそうに惣助の胸に顔をうずめた。

「家のことはおちえが見てくれるっていうから、出てきちまったんだけど、迷惑だったかしらねぇ」

「い、いや、迷惑だなんて、そんな……」

五

「さてと、これからどうするか、だが……」

ともかく惣助とおきぬをともなって、自宅にもどった平蔵が問いかけた。

「おきぬといっしょに目黒にもどるもよし、このまま［丸寅］で大工の道を歩むもよし、あんた次第だが……」

「いいえ、おきぬどのさえよかったら、この近くで二人で長屋住まいをして、［丸寅］で働きたいと思っておりますが……」

「おまえさん……」

おきぬの顔がみるみるうちに朱《しゅ》に染まると腕をのばし、惣助の手をつかみしめた。

「それって、あたしをあんたの女房にしてくれるってことなのけ……」

「あ、ああ……わしは、これまで、そなたのような心根のやさしいおなごとめぐりおうたことがなかった。ここにきてからも一日とて、そなたのことを忘れたことはない」

「それ、ほんと……」

「ああ、そなたさえよければだが……」

「うれしいよう……おまえさん」

おきぬは平蔵がいるのもおかまいなしに、むちりとした腕《かいな》を惣助のうなじにひしと巻きつけて抱きついた。

「あたしだって、おまえさんがいなくなってからはさみしくて、さみしくて、さみしくてろくに寝ていなかっただもの」

「おきぬどの……」

「いやだ。そんな、どのだなんて、おきぬでいいんですよう」

「ン、うむ……し、しかし」

「おまえさん……」

平蔵の目の前もかまわず、おきぬは目をうるませて惣助の首にしがみついたまま、むさぼるように口を吸いつけた。

おきぬの木綿着の裾前《すそまえ》が乱れて、白い内腿があらわになった。

紺足袋を履いた足首は百姓女らしくきりりっとしまっているが、内腿は三十路《みそじ》過ぎの女らしく脂《あぶら》がのっている。

何年ものあいだ、娘を育てるために後家をとおしてきた女盛りのおきぬにとって、いまや、惣助は忘れがたい男なのだろう。

惣助にしてみても、おきぬは生まれてはじめて出遭《であ》った、心底から尽くしてくれる女にちがいない。

台所から由紀が酒の支度をととのえて運んできた。

「あらあら、仲がよろしいこと……」

「ン、ま……こっぱずかしい」

おきぬはようやく首っ玉にしがみついていた腕をはずして、乱れた裾前をなおした。

「ありあわせですけれど、召し上がってくださいまし……」

「まぁ、すみませんねぇ、奥さま」

「え、いえ……」

奥さまといわれて、今度は由紀のほうが頬を染め、平蔵を見やった。

六

おきぬは三十年増とはいえ、まだ肌身には艶《つや》があるし、なによりも気立てがいい。

しかも、おきぬは九年前、亭主に死に別れたあと、せっせと十六両もの金を蓄えていたという。

それをそっくり胴巻に包んで目黒から出てきたというのは、並々ならぬ決心があったのだろう。

娘のおちえには近くの百姓の次男で、友吉という十八になる許婚《いいなずけ》がいるし、おきぬの父親の権助は五十八歳になるが、まだ矍鑠《かくしゃく》としていて、一家の大黒柱になっている。

自前百姓で田畑もあるし、おちえと友吉が夫婦になれば、おきぬがいなくても、暮らしに困ることはない。

この先、娘夫婦に子が生まれたら、おきぬは子守するだけの婆さんになってしまう。

まだ三十を過ぎたばかりの女盛りのおきぬにしてみれば、それは、あまりにも寂しく、耐え難いことだったのだろう。

おきぬは身持ちの堅い女だったが、惣助を我が家に泊めることになったとき、惣助とおちえがおかしなことになっては困ると思い、先手をうって自分から夜這《よば》いをかけたらしい。

しかし、惣助はおどろくほど女にすれていない男だった。

おきぬは、そんな惣助を好ましく思うようになっていった。

三十路を越したおきぬにとって、惣助は最後の男という思いが日毎に強くなっていったようだ。

惣助もおなじ思いだったが、討手《うって》に追われる身としては一家に迷惑をかけるわけにはいかなかった。

後ろ髪をひかれる思いで下目黒村を去る決心をして江戸に向かったのである。しかし、おきぬは惣助がいなくなって、さらに惣助に恋慕の情をつのらせたのだろう。

だからこそ、臍繰《へそく》りしてきた十六両をよすがに、手甲脚絆の旅姿になって、無我夢中で惣助のあとを追ってきたのだという。

二人の話を聞けば聞くほど、惣助のような素朴な男には、おきぬのような面倒見がよくて、一途《いちず》な女がふさわしいと平蔵も思う。

おきぬは何日か逗留《とうりゅう》するからといって田原町の［野田屋《のだや》］という旅籠《はたご》に六畳の部屋をとってあるという。

惣助も今夜はおきぬとともに［野田屋］に泊まり、これからのことを相談するといって帰っていった。

臍繰りの十六両があれば、半年は楽に食っていけるはずだし、惣助も銀一匁の日当がはいる。

――おれよりも、懐具合《ふところぐあい》はずんといい。

なにしろ、下目黒村から帰宅したものの、ツケの患者がほとんどで、まともに金を払った患者はお芳ぐらいのものである。

小判どころか巾着《きんちゃく》には一分銀が三つと文銭がちゃらちゃらはいっているだけだ。米櫃《こめびつ》のなかの米や、味噌、醤油《しょうゆ》、沢庵などもちょいと油断しているとすぐに底をついてしまう。

かといって、医者というのは不便な商売で、豆腐屋や汁粉《しるこ》売り、座禅豆《ざぜんまめ》売りのように天秤棒《てんびんぼう》を担いで売り歩くわけにもいかない。

どこかに病人や怪我人がいないかと御用聞きにまわれば、正気かと疑われる。

ひたすら患者が訪れてくるのをじっと待つしかないのが、医者という稼業である。

おまけに浅草界隈《かいわい》は風邪も滅多にひかない丈夫な職人が多く、ちょいとした鼻風邪ぐらいは越中富山《とやま》から来る担ぎの薬売りの売薬ですませてしまう。

——せんせいといわれるほどのバカじゃなし……。

そんな川柳《せんりゅう》があるのも至極当然のことだった。

平蔵は大身旗本神谷家の次男として生まれたが、腹違いの兄と性があわず、近くに住んでいた直参の息子の矢部伝八郎とつるんでは喧嘩《けんか》相手を探して暴れまわっていた。

二人とも師曰《い》わくの学問は苦手だったが、佐治一竿斎の剣道場にはせっせと通い、ともに二十歳《はたち》前には免許を許され、佐治門下の竜虎《りゅうこ》と呼ばれるようになった。

いっぽう、小遣いをくすねては深川の花街に行き、女体探求も怠《おこた》らなかった。

先行きを案じた父によって、平蔵は叔父で医師をしていた夕斎《せきさい》の養子に出され、和蘭《オランダ》医学を学ぶため長崎に留学したものの、医学よりも島原《しまばら》遊郭のほうがおもしろく、居続けしてばかりいたものだ。

夕斎の亡きあと、江戸にもどった平蔵は伝八郎と再会し、無外流の遣い手だった井手甚内を誘って三人で金を出し合い、小網町に剣術の道場をひらいたのである。

当初は思うように門弟も集まらず、青息吐息《あおいきといき》で、師範の井手甚内も内職の寺子屋で息をついていた。

伝八郎も兄の小弥太《こやた》が隠密廻り同心をしている矢部家の冷飯食いで肩身も狭く、ぼやいてばかりいた。

そこで平蔵は磐根藩《いわねはん》の典医をしていた夕斎のつてで、藩の江戸屋敷への出稽古を請け負い、道場はそれで何とかひと息つくことができた。

いっぽうで平蔵は、長崎に留学し、和蘭医学をかじってきたのを売り物に町医者に転業した。

そのころは伝八郎も、医者はやらずぼったくりでいいなと平蔵を羨ましがっていた。

紀州藩主の吉宗が将軍になってからは、質実剛健、武芸精進《しょうじん》の気風が武士のあいだにも浸透し、いまや、小網町の道場は門弟も百人を超えるほどになっている。

今になってみると、道場で門弟相手に竹刀《しない》をふりまわし、束脩《そくしゅう》をせしめている親友の矢部伝八郎や井手甚内のほうが、よほど気楽な身分のようだ。

師範代の伝八郎も三人の子持ちだった寡婦《かふ》の育代《いくよ》を妻にし、道場の母屋《おもや》を借り受けて、のうのうとおさまっている。

どうやら、いまだにうだつがあがらないのは平蔵だけのようだ。

この家も柳島村の篠山検校の厚意で、家賃なしで借り受けているからいいようなものだが、内情は火の車にひとしい。

由紀は「おかめ湯」へ終い湯を見届けにもどって、平蔵はひとりで濡《ぬ》れ縁《えん》にあぐらをかいていた。

――木枯らしが吹き荒れて風邪っぴきの患者がわんさとおしかけてくりゃ、おれもひと息つけるんだがな……。

夜の闇に閉ざされた庭の隅で、白い大輪の花を咲かせている山百合《やまゆり》をぼんやり眺めながら、平蔵はつい、医者らしからぬ不届きなことを思っている。

七

そのころ、平蔵の無二の親友である矢部伝八郎は、剣友の笹倉新八と小網町の親父橋《おやじばし》の近くにある飲み屋にいた。

「それにしても平蔵のやつ、いつまで目黒でとぐろを巻いていやがるんだろう」

「ふふ、神谷どののことだ。向こうで百姓の後家といい仲になって、帰るに帰れなくなってるんじゃないかな」

「ちっちちっちっ、あいつは妙に年増にもてるからな」

「しかし、矢部さんのご内儀もなかなかの器量よしじゃないですか」

「バカをいえ。かつてはともかく、いまや腰まわりもどでんと肥え太って、どこが臀《しり》やら判然とせんわな」

伝八郎、憮然《ぶぜん》として盃の酒を飲み干した。

「そこへゆくと平蔵のやつは由紀どのという別嬪《べっぴん》をちゃっかりモノにしおって、

まったくおなご運のいい男よ」

「やむをえんでしょう。なにせ、神谷どのはひとり身、かたや矢部さんは所帯持ち。どだい勝負になりませんよ」

「ううむ……それをいうな、それを」

伝八郎、途端にげんなりした。

「おりゃ、早まったわ。はやばやと育代の臀に惑わされてしもうたのがケチのつきはじめじゃった」

「なんの、育代どのは所帯の切り盛りはちゃんとしておられるし、矢部さんも道場の師範代におさまっていうことなしだ」

「ン、ううむ……」

「そこへいくと、神谷どのの患者はおおかたが蛇骨長屋の貧乏人で、年中、財布は火の車……どっちがいいかわかりませんぞ」

「そうかのう……」

そのとき、五人の浪人者が店にはいってきて、店の片隅に座りこむと女中に酒肴《しゆこう》を頼むなり、声をひそめてささやきあった。

しかも、そのなかの一人が懐中から二十五両の切《き》り餅《もち》を四つとりだし、二十両ずつ仲間に分配しているのが見えた。

おまけに——これは前金だの、さすが、播磨屋は太っ腹だ——などという言葉が途切れ途切れに聞こえてきた。

「矢部さん……」

新八が目配せした。

「うむ？……」

新八が素知らぬ顔でささやいた。

「なにぃ……」

伝八郎の眉がはねあがった。

「しいっ……」

笹倉新八は指で口を封印し、目配せすると女中を手招きし、さりげなく飲み代の勘定をすませた。

八

矢部伝八郎と笹倉新八のふたりが、親父橋の近くで一貫八文の鮨《すし》を売っている屋台で鮨をつまんでいると、間もなくして、さっきの五人組の浪人者が飲み屋から出てきた。

「どうみても、臭い連中でしょう……」

「臭い、臭い。前金で二十両というと、後金もいれれば四十両の仕事ということになる」

「しかも頭数が五人というと、〆《しめ》て二百両……おまけに播磨屋といや、香具師の大物ですよ」

「もしかすると、どこぞの大店《おおだな》に押し込むつもりか……」

「いや、うしろで糸を引いてるのが香具師だとすると、押し込みなんぞじゃないと思いますがね」

「おもしろいことになってきたな」

なにしろ矢部伝八郎は身の丈、五尺八寸（約百七十六センチ）、肩幅のある巨漢である。

無精髭《ぶしょうひげ》が顔の半分をしめている伝八郎が夜の闇のなかでにたりとほくそえむと、前を行く浪人どもよりも、悪党に見えるな……。

笹倉新八は、思わずくすっと忍び笑いをもらした。

新八は念流の遣い手で、かつては掛川《かけがわ》藩三万五千石、井伊家で徒目付をしていたが、藩が幕府の咎《とが》めを受けて越後与板《よいた》二万石に減封されたとき浪人し、篠山検校の用心棒になった。

篠山検校は座頭金《ざとうがね》とよばれる金貸しから身を起こし、巨富を築いて検校にのぼりつめた盲人だが、いまは貧困で食いつめた者を救うことを生き甲斐《がい》にしている。

篠山検校が強盗の一味に狙われたとき、神谷平蔵や矢部伝八郎たちとともに危機を救い、いまは屋敷の用人も兼ねている。

検校屋敷の女中頭を妻にし、暇を見ては小網町の道場で門弟の相手をしている気楽な身だった。

吉宗に家臣にならぬかと誘われたときも平蔵や伝八郎と同様、宮仕えは真っ平《まっぴら》御免と断った口である。

二人の前を行く五人の浪人は柳橋を渡り、御蔵前を突っ切り、田原町に足を向けた。

九

そのころ、刈谷惣助はおきぬと田原町三丁目の居酒屋で酒肴をともにし、おきぬが部屋をとってある［野田屋］に向かった。

湯屋にはいる前に買ったばかりの手拭《てぬぐ》いを首にかけ、新しい手桶《ておけ》に糸瓜《へちま》を入れてある。

時の鐘が四つ（午後十時）を打つのが聞こえてきたときである。

ふいに一団の浪人者が暗闇のなかから殺到してきた。

「きさまが刈谷惣助だな！」

「ちっ、女連れか！」

「かまわん。邪魔のはいらんうちに二人とも叩き斬れ！」

五人は左右に別れて、いっせいに殺到してきた。

「お、おまえさん！」

おきぬが悲鳴をあげて惣助の背中にすがりついた。

「きさまらっ、何者だっ！」

惣助は咄嗟《とっさ》に腰に手をやったものの無腰だったことに気づいて、斬りつけてきた刃《やいば》を躱《かわ》し、手桶を浪人の腕に叩きつけた。

手桶は割れたものの、浪人はしたたかに手首を一撃されて刀をポロリと落とし、たたらを踏んで軒先に山積みされていた空《あ》き樽《だる》にぶつかっていった。

惣助は素早く浪人が手放した刀に飛びつくと、身を沈めて一人の浪人者の脛《すね》を横薙《よこな》ぎに斬り払った。

「ううう っ！」

足の骨を切断された浪人が絶叫とともに路上に突っ伏し、血しぶきにまみれてのたうちまわった。

「ちくしょう！」

怒号をあげて仲間の浪人が惣助に刃を叩きつけてきた。惣助は咄嗟に身を転じて避けたが、刃が惣助の右手首に嚙みついた。

そのとき、笹倉新八が飛びこみざま、その浪人の肩口に刃をたたきつけた。

血しぶきが暗夜に噴出し、浪人者は声もあげず路上に転がった。

「きさまらっ！」

伝八郎が怒号とともに修羅場《しゅらば》に飛びこみざま剛剣をふりおろし、三人の浪人者の一人を肩口から斬りおろした。

残った二人の浪人者が笹倉新八に斬りつけたが、新八は苦もなく躱しざま、横薙ぎに胴を叩き斬った。

最後の一人が遁走《とんそう》しようとしたが、その前に立ちふさがった伝八郎の刃《は》唸《うな》りのするような剛剣が肩口から斜めに斬りおろされた。

路上は死屍《しし》累々《るいるい》、血だまりが黒々と広がっている。

「お、おまえさん！」

おきぬが路肩に腰を落として、右手首を手拭いで縛っている惣助の背中にしがみついていった。

広小路に通じる道の出口に人の群れが集まっていたが、伝八郎が懐紙《かいし》で刃の血を拭っていると、ひとりの女が驚いたように、

「ま、矢部さまではありませんか……」

と声をかけて駆け寄ってきた。

「おお、由紀どのか」

終　章　悪党の末路

一

刈谷惣助の右手首の傷は思ったより深く、骨にまで達していた。

惣助は［おかめ湯］の男衆に助けられ、神谷平蔵のもとに運びこまれてきた。

平蔵は由紀とともに刀創《とうそう》の治療にあたるいっぽうで、伝通院《でんずういん》前の小川笙船《おがわしょうせん》宅に人を走らせた。

小川笙船は刀創の治療にかけては江戸でも右に出る者はいない名医である。

平蔵は六畳間に油紙をひろげた上に白布を敷いて、惣助を仰臥《ぎょうが》させると、右肘《みぎひじ》を包帯で緊縛して、ともかく出血を止めた。

由紀とともに焼酎《しょうちゅう》で傷口を入念に洗い、晒《さら》しに血止めの練り薬を塗りつけて包帯を巻きつけた。

惣助は顔から血の気がなくなっていたが、気丈《きじょう》にも声ひとつたてなかった。

おきぬは惣助の左腕をつかみしめ、泣きくずれていた。

間もなく矢部伝八郎と笹倉新八のふたりが、斧田晋吾とともに駆けつけてきた。

伝八郎と新八のふたりの助太刀がなかったら、惣助もおきぬも、まず、命はなかったにちがいない。

屍体を検分した斧田は、刺客はいずれも播磨屋仁左衛門の飼い犬だったと告げた。

しかも、惣助の殺害を依頼したのは、まちがいなく笹岡藩だろうと断言した。

かねてから播磨屋に目をつけていた斧田同心は、深川の播磨屋仁左衛門宅の近くに岡っ引きを貼りつけておいたのだ。

「笹岡藩の国元で目付をしている土橋省蔵という男が、このところ三度も深川の播磨屋の屋敷を訪れている」

「国元の目付が……」

平蔵の顔がきびしくなった。

「江戸藩邸の男ならともかく、国元の目付が江戸まで出向いてきて、香具師の元締めと密会するとなりゃ、まともな用じゃないな」

「ああ、しかも、この刈谷惣助どのが江戸に出てきて間もなくだからな。刺客依頼とみてまちがいない」

「ちっ、手のこんだことをしやがる」

「あんたが刈谷どのといっしょにいたところを堀田原で闇討ちにあっただろう。あのときの討手は笹岡藩江戸藩邸の仕掛けだったらしい。それで藩邸と縁のある本間市之助が出てきたんだ」

斧田は眉根を寄せて、舌打ちした。

「うむ。あの男は闇討ちなどに荷担するような男には見えなかったがな」

「ああ、おそらく笹岡藩から長年面倒をみてもらっていて、声をかけられりゃ断れなかったんだろうよ」

「しかし、あのとき、あんたは八丁堀は藩のごたごたにはかかわらないのがきまりだといって逃げたぞ」

斧田は渋い目になった。

「それをいうな、それを……そこが宮仕えの身の辛《つら》さってやつだ」

斧田が引き上げて間もなく、小川笙船が町駕籠《まちかご》で駆けつけてきてくれた。

早速、惣助の傷口をあらため、うんうんとおおきくうなずいた。

「応急の処置としては、これでよいじゃろう。ただし、この御仁《ごじん》の右手が元通りになるかどうかはわかりませんぞ」

おきぬが縋《すが》りつくようににじりよった。

「いいんだよう。あたしはこのひとの命さえ助かりゃ、もう、それで……それだけで」

「よしよし、そのことなら心配はいらぬよ」

小川笙船は徒歩でついてきた弟子とともに、すぐさま惣助の治療にとりかかった。

小川笙船はメスと鉤針《かぎばり》と糸を使い、またたく間に傷口の縫合をおえると、化膿《かのう》止《ど》めの薬を傷口に塗り、包帯をし、腕を動かさないよう割竹で固定した。

「今夜は熱が出るじゃろうが、熱さましの薬と痛みどめの薬、それにすこし眠り薬もだしておこう。ま、ともかく今夜はぐっすりと寝かせてやることじゃな」

そういうと、供についてきた曽山順介《そやまじゅんすけ》という門弟を残し、明日また来ようと言い置いて駕籠で帰宅していった。

二

宵五つ半（午後九時）ごろである。

日々訪れる人びとで絶え間がない永代寺門前も、深閑《しんかん》と静まりかえっている。

その門前町の一角に播磨屋仁左衛門の居宅がある。

四方に土塀をめぐらせ、鬱蒼《うっそう》と常緑樹を植え込んであって、人の気配もない。

平蔵は脇戸の陰に身をひそめていた。

「おい、まるで、化け物屋敷みたいだの」

伝八郎が新八をふりかえってささやいた。

「ふふふ、なにせ、住んでおるのは人の生き血を吸う人外の化け物ですからね」

笹倉新八がにやりとしたとき、ぎいっと木戸が撓《しな》って一人の下男らしい男が脇戸から出てきた。

平蔵がすっと身を寄せざま、脾腹《ひばら》に当て身を食らわせた。

「！……」

声もなく、男はくずれ落ちた。

三人は足音を忍ばせ、つぎつぎに脇戸から侵入していった。

生い茂る庭木の陰から、屋内の障子に行灯《あんどん》の火影《ほかげ》がさしているのが見える。

どうやら酒宴がひらかれているらしく、何人かの男の濁声《だみごえ》にまじって艶《つや》っぽい女の嬌声《きょうせい》がもれてくる。

平蔵が低い声で二人に耳打ちした。

「いいか、めあては播磨屋だ。やつがここにいるか、どうかだ」

三人は足音を忍ばせて廊下にあがると、障子のなかの声に耳をかたむけた。

「播磨屋。あやつを仕留めたというのはほんとうだろうな」

室内から、しかつめらしい侍の声がした。

「まちがいございません。なにしろ、あの男は丸腰だったそうですからな」

しゃがれた低い声が聞こえた。

どうやら、しゃがれ声のぬしが播磨屋仁左衛門のようだ。

「うむ。聞いたところによると界隈《かいわい》は血の海だったようだな」

「ですが、土橋さま。この播磨屋も腕のたつ刺客《しかく》を何人も失いました。そのぶんも上乗せしていただかなければ帳尻があいません」

「う、ううむ。ま、それはよいとしても、あやつは丸腰だったというに、なにゆえ刺客が何人もやられたのだ」

「それが妙な侍が二人、飛び入りで現れましたそうで……」

「妙な侍だと……いったい、そやつらは何者だ」

「なんでも一人は小網町で道場をひらいている髭面《ひげづら》の大男だそうですが、なに、神谷平蔵とやらいう町医者ともども、あの世に送ってみせますよ」

伝八郎がちっと舌打ちし、障子戸を蹴倒しざま室内に躍り込むと、抜き撃ちに一人の浪人者を袈裟《けさ》懸《が》けに斬《き》り捨てた。

笹倉新八も、あわてふためく浪人たちをたてつづけに左右に斬り伏せた。

平蔵は床の間の前で呆然《ぼうぜん》としている播磨屋仁左衛門の前にまっすぐに立ちふさがった。

「きさまが播磨屋仁左衛門だな」

手にした井上真改の鋒《きっさき》を突きつけた。

「冥土《めいど》の土産《みやげ》に教えてやるが、刈谷惣助の身柄は神谷平蔵がしっかりと預かっている」

「な、なにぃ……」

刃《やいば》が一閃《いっせん》し、播磨屋仁左衛門の首を跳ね斬った。

「お、おのれっ！」

土橋省蔵が床の間の刀架けに手をのばそうとしたが、その頸筋《くびすじ》を平蔵が刃を返して、ぴたりと押さえこんだ。

「きさまも叩き斬りたいところだが、残念ながら生き証人を斬るわけにはいかぬ。お白州《しらす》で笹岡藩の悪あがきの顚末《てんまつ》を残らず吐いてもらうまでは生かしておいてやろう」

平蔵は土橋省蔵の頸筋に峰打ちをたたきこんだ。

土橋省蔵は、がくんと前のめりになって突っ伏した。

「おい、平蔵。どうやら斧田さんが出張《でば》ってきたようだぞ」

伝八郎が死屍《しし》累々《るいるい》たる広間を見渡しながら血刀《けっとう》を拭《ぬぐ》ってうそぶいた。

屋敷の土塀のまわりに御用提灯《ごようぢょうちん》の灯りがひしめきあっているのが見えた。

「香具師の大物か何か知らんが、所詮《しょせん》、女衒《ぜげん》あがりの末路はこんなものだの」

「逃げたやつはいなかったか」

「なに、一人や二人はいるかも知れんが、あとの雑魚《ざこ》は斧田さんにまかせればよかろう」

井上真改の血糊《ちのり》を懐紙《かいし》で拭っていると、斧田同心が捕り物姿で乗り込んできた。

「ほう、これはまた、えらく派手にやってくれたもんだな」

「なに、あんたの手間をはぶいてやっただけだよ」

「ふふふ、しかし、女衒の元締めとつるんでいたとなりゃ、笹岡藩もお咎《とが》めなしではすまんだろうな」

「おい。刈谷惣助のことはよろしく頼むぞ」

「刈谷惣助なんて男は知らんが、大工の惣助ならおかまいなしよ」

斧田がにやりと片目をつむってみせた。

後始末は奉行所にまかせて、三人は屋敷をあとにした。

「さてと、どこぞで精進《しょうじん》落としをしたいものですな」

笹倉新八が誘い水をかけた。

「そうだな。しかし、こんな夜中にあいている店があるかね」

「ありますよ。「あかねや」が……」

笹倉新八がにやりとした。

「ううむ……「あかねや」か」

平蔵は苦笑いした。「あかねや」は竪川《たてかわ》沿いにある小料理屋で、女将《おかみ》のお美乃《みの》から女物の塗り傘を借りたが、夜鷹をしていた太一の母親にくれてしまった。

「しかし、あそこの女将には塗り傘を借りっぱなしになっているからな」

「なぁに、神谷さんが顔をだしてやれば借りはチャラになる。なにせ、女将のお美乃は神谷さんにぞっこんですからね」

「おい、そいつは聞き捨てに出来んな。由紀どのにはないしょにしてやるから、今夜の勘定は神谷もちだぞ」

「ちっ……まったくダボハゼみたいなやつだな」

平蔵は苦笑いした。

「そうよ。なにせ、おれの耳は地獄耳だからな」

伝八郎はカッカッカと高笑いした。

三

――その夜更け……。

九つ（十二時）ごろ、平蔵は「あかねや」で精進落としをし、伝八郎や新八たちと別れて浅草に戻ってきた。

いまになって、刈谷惣助の容体が気になってきた。

由紀と、おきぬが付き添っていてくれるだろうと思うものの、「あかねや」では少し長居しすぎたなと後悔した。

足を早めて田原町の角を曲がったときである。ひたひたと後ろからつけてくるような雪駄《せった》の足音がした。

「………」

立ち止まって、ふりむいた。

懐手《ふところで》をした浪人者らしい男がゆっくりと近づいてきた。

「きさまが神谷平蔵だな……」

浪人者は立ち止まると、ゆっくりと懐から手をぬいた。

「おれの名を知っているところをみると何か用でもあるのか……」

「ふふ……ま、用といえば用。おれは播磨屋から金をもらって暮らしてきた男でな。つまりは人斬りが稼業だ」

「ふうむ……人を斬るのが稼業かね」

「そうよ。播磨屋から刈谷惣助という男を片づけて欲しいと頼まれたが断った」

「ほう……人斬りが稼業のくせに、なぜ、断ったんだ」

「なに、見習いの大工を斬る気はしなかっただけのことだ」

その男は白い歯を見せると、腰を捻《ひね》って刀を鞘走《さやばし》らせた。

「だが、神谷平蔵となると斬り甲斐《がい》がある」

平蔵も素早く井上真改を抜き放った。

「おかしなことをいうやつだ。とんと流行《はや》らん町医者のおれが、斬り甲斐があるとは思わんがね」

「けっ！　だいたいが医者のくせに二本差しとは気障《きざ》なやつだ」

しきりに挑発しながら、その男は素早く雪駄を脱ぎ捨てた。

平蔵も雪駄を脱ぎ、刀を構えながら嘲笑《ちょうしょう》した。

「世の中には、あんたのような物騒なのがいるからな」

「おれは人斬りが稼業だからな。きさまは人の病を治すのが稼業のくせに、刀なんぞもちやがって、嫌みなやつだ」

刃の陰から、ぬかりなく隙をうかがっている。

「人斬りを稼業にしているようなやつに、とやかくいわれたくはない」

平蔵は吐き捨てるようにいった。

「おい。ところで、きさまは何年か前、伊皿子坂で吉宗を助けたそうだな」

その男は挑発するように吐き捨てた。

「ははぁ、なんとも古い話だが、それが気にいらんのか」

「ああ、おおいに気にいらん。公儀に肩入れするようなやつは、どいつもこいつも目障《めざわ》りだ。おまけに、きさまのおかげで食いっぱぐれることになったというわけだ」

「なるほど播磨屋の仇討《あだう》ちというわけか」

「なぁに、播磨屋なんぞという下衆野郎《げすやろう》に肩入れするつもりはないが、紀州の成りあがり者の吉宗なんぞに肩入れをするやつを見ると虫唾《むしず》が走る」

播磨屋から刺客を請け負っているものの、恩義は露《つゆ》ほども感じていないらしい。

どうやら、権力者におしなべて悪意を抱いている男のようだった。

生まれ育ちに恵まれなかった男らしい。

そういう点では平蔵と似通っているが、平蔵は特に権力者には好意も悪意ももちあわせてはいない。

ただ、へつらい者は軽蔑するだけだ。

「ほう、おれは別に肩入れしたつもりはないね。ただ、兄貴に頼まれて用心棒を引きうけただけのことだ」

「うるさい！　きさまの兄貴は目付だそうだな。つまりは公儀の犬だ。弟のきさままで吉宗におべっかなんぞ使いやがって！」

いきなり下段から電光のような刃が嚙《か》みついてきた。

平蔵は八双《はっそう》の構えから、叩きつけるような一撃で男の刃を横薙《よこな》ぎに払った。

その瞬間、男の躰がぐいと沈んだ。同時に刃唸《はうな》りするような鋭い剣が反転し、平蔵の足を薙ぎ払ってきた。

凄《すさ》まじい剛剣だった。

間一髪、おおきく後ろに跳びすさると、平蔵は手堅く青眼《せいがん》に構えた。

ひとつ、呼吸をまちがえれば足を両断されていただろう。

——こいつ、出来るな……。

相当な臍《へそ》まがりらしいが、剣には凄みさえ感じられる。

無駄に刀をふりまわさないのは人斬りに手馴《てな》れているからだ。

おそらく、これまで何十人となく人を斬ってきた凄腕《すごうで》の人斬り狼《おおかみ》にちがいない。

じわりと脇の下に冷や汗が滲《にじ》みだしてきた。

どうやら「あかねや」で飲んだ酒を悔やむことになりそうだった。

男はじわりと刀を下段に構え、平蔵の仕掛けを待っているようだ。

その仕掛けを誘うように、平蔵はじりじりと鋒をあげて上段に構えを移した。

　すると、あたかもそれを待っていたかのように男の下段の剣が鞭《むち》のように撓い、摺《す》りあげるように跳ね上がってきた。

　平蔵の剣を巻き込むような剛剣だった。

　平蔵は危うく刀をもぎとられそうになったが、すぐに躰を入れ替えて踏み込みざま、斜めに払った一撃で、男の脇腹を薙ぎはらった。

　男は咄嗟《とつさ》に躰を捻って躱《かわ》そうとしたが、平蔵には存分に肉を断ち斬った、たしかな感触があった。

　男は呻《うめ》き声ひとつあげなかったが、やがて、ゆっくりと躰を前に傾けると、ふいにがくっと膝を落とし、ゆらゆらと身を泳がせながら地面に突っ伏した。

　どす黒い鮮血が滲みだし、男はその血潮《ちしお》に顔を浸したまま身じろぎもしなくなった。

　おのれの名も告げることもなく、また、だれのためでもなく、男は無明《むみよう》の世界に旅立っていったようだ。

　平蔵はしばし呆然として、男の亡骸《なきがら》を見つめていた。

　これまで刃をまじえた相手のなかでは、とりわけ手強《てごわ》い剣士の一人だったような気がした。

——世間はひろい……。

そう痛感した途端に、どっと全身に汗が噴き出してきた。

血の臭いで、ふいに胸がむかついた。

背後の露地から下駄《げた》の音が響いてきた。

由紀のようだった……。

平蔵は雪駄を履《は》いて、ふところから懐紙をとりだすと、刃の血糊をゆっくりと拭いとった。

立秋の夜空を三更《さんこう》の月が煌々《こうこう》と照らしていた。

（ぶらり平蔵　刺客請負人　了）

参考文献

『江戸あきない図譜』　高橋幹夫　青蛙房
『漢方薬の選び方・使い方』　木下繁太朗　土屋書店
『絵でみる江戸の町とくらし図鑑』　江戸人文研究会編　廣済堂出版
『イラスト・図説でよくわかる　江戸の用語辞典』　同・右
『大江戸八百八町　知れば知るほど』　石川英輔監修　実業之日本社
『たのしい山菜とりと料理』　中井将善　金園社
『剣豪　その流派と名刀』　牧秀彦　光文社
『刀剣』　小笠原信夫　保育社
『江戸バレ句　戀の色直し』　渡辺信一郎　集英社

コスミック・時代文庫

ぶらり平蔵《へいぞう》
決定版⑰刺客請負人

2023年10月25日　初版発行

【著 者】
吉岡《よしおか》道《みち》夫《お》

【発行者】
佐藤広野

【発 行】
株式会社コスミック出版
〒154-0002 東京都世田谷区下馬 6-15-4
代表　TEL.03(5432)7081
営業　TEL.03(5432)7084
FAX.03(5432)7088
編集　TEL.03(5432)7086
FAX.03(5432)7090

【ホームページ】
https://www.cosmicpub.com/

【振替口座】
00110-8-611382

【印刷／製本】
中央精版印刷株式会社

ISBN978-4-7747-6506-8 C0193